中公文庫

新装版

奇貨居くべし（一）

春風篇

宮城谷昌光

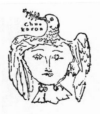

中央公論新社

奇貨居くべし㈠　春風篇　目次

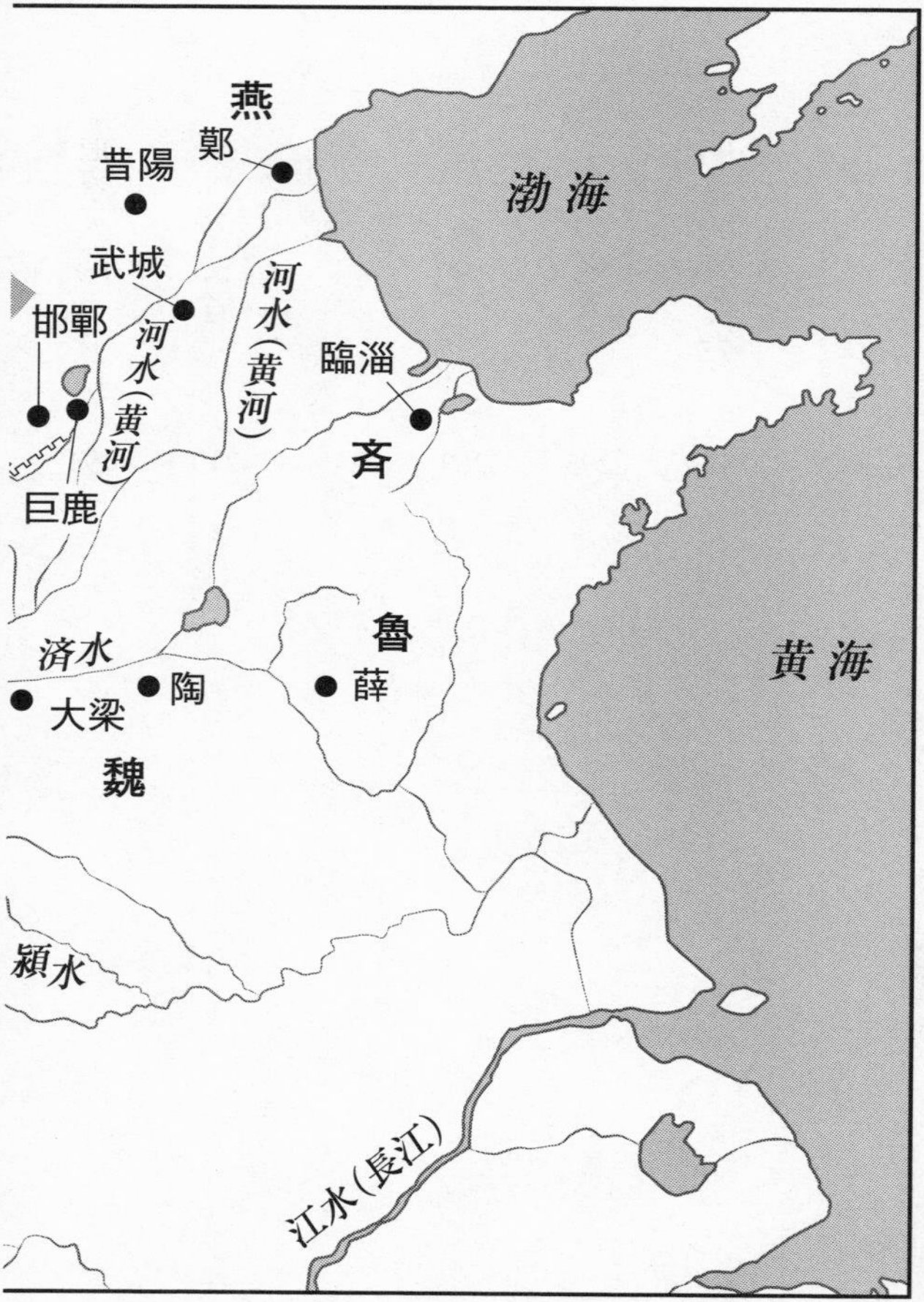
燕
鄚
昔陽
渤海
武城
邯鄲
河水(黄河)
河水(黄河)
臨淄
巨鹿
斉
魯
済水
陶
薜
大梁
黄海
魏
潁水
江水(長江)

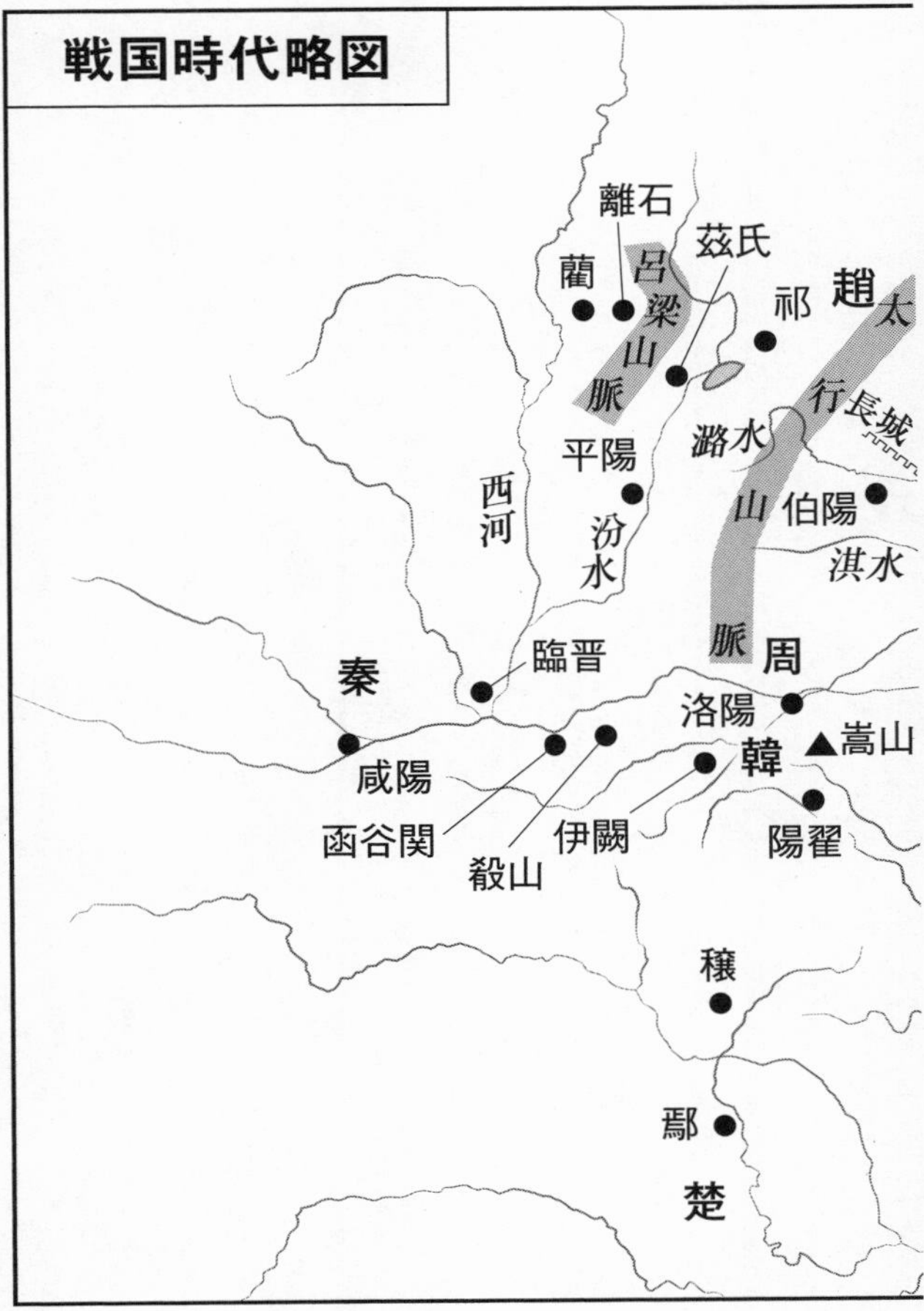
戦国時代略図
離石
茲氏
藺
呂梁山脈
趙
祁
太行山脈
長城
潞水
平陽
西河
汾水
伯陽
淇水
臨晋
秦
周
洛陽
嵩山
韓
咸陽
函谷関
殽山
伊闕
陽翟
穰
鄢
楚

奇貨居くべし㈠ 春風篇

金山への旅

一

足が熱い。

足のまめが破れていた。

呂不韋《りょふい》がその左足を川の水にひたそうとすると、従者の鮮乙《せんいつ》が、

「あ、ひどいですね。水に濡らさないほうが——」

と、いい、いそいで布《きれ》で左足をくるむようにしばってくれた。

鮮乙を従者といったが、この三十歳になったばかりの男は、呂不韋の父の店で働いている者であり、若い店員のなかではめだった慧敏《けいびん》さをもち、父から目をかけられている有為《ゆうい》の者であるから、十五歳の呂不韋にだけ属《つ》けられた僕隷《ぼくれい》ではない。

呂不韋はこの旅ではじめて鮮乙という男に接したといってよい。むろん、これま

で店員に接する機会がなかったわけではない。十歳になるまえから呂不韋は店員とおなじように働かされている。その点、兄の呂孟《りょもう》とはへだたりがあった。家産を継ぐのは呂孟であると父から無言にいわれているようなあつかいをうけている。哀しいことに、弟の呂季《りょき》ともおなじようなへだたりを感じさせられる。

——どうしてだろう。

兄と弟は大切にあつかわれ、自分だけがかるくあつかわれている。不韋という少年は自分の感性が鋭敏であるがゆえに傷つきやすいことに気がついた。家のなかにある愛情の偏在《へんざい》やいわれのない不遇を考えはじめると、身動きができないほどの暗さにおおわれてしまうことがしばしばある。家のなかにいようが外にでようが、目にうつるものが暗く沈んでゆくような感じはやりきれない。

十歳をすぎたとき、ある晴れた日に、頭上はるかに浮かんでいる白い雲をながめているうちに、

——そういうことか。

と、ふわりと解答が胸のなかに生じた。

母がいない。

兄と弟を産んだ母は家にいる。が、自分を産んだ母は、家にいないばかりか、ど

こにいるのか、その生死さえわからない。父だけが母の消息を知っているような気がする。が、不韋は母について父に問うことはない。

「不韋、母はいるではないか」

と、父はいう。兄や弟を産んだ女を母とおもえ、と父はいうのである。

「東姚《とうよう》」

と、よばれている義母は、佳麗《かれい》さをうしなっていないが、不韋にむける目に底冷えのようなものがある。その目が父にむかい、兄や弟にむかうときには、温度がかわる。

――これが女というものか。

醜悪でしかない。不韋の近くで性情を露呈する女は、東姚しかいない。東姚が女であるかぎり、すべての女は東姚とおなじにちがいない、と不韋は女への不信を強めた。おそらく自分を産んだ女もそうであろう。そうでなければ、わが子を手放すはずがないではないか。

不韋にむけられる父母の目つきは、そのまま従業員の目つきになりかねない。

――あの次男は、どうころんでも、この家を継ぐことはない。

と、わかれば、店員が不韋に接する態度も敬意のうすいものとなる。そういう人の情念の機微を察することができる年齢になると、ますます家にいることが苦痛になった。このままでは、家畜とかわりがない、と不韋はおもう。父が亡くなっても、義母は残り、兄が家主《かしゅ》になる。

——そのとき、財産を頒《わ》けてくれようか。

と、考えるまでもない。義母はうわべとちがい情素に吝嗇《りんしょく》をもっている。一金《きん》さえ与えてくれぬであろう。その義母のさしずで店と家を運営する兄に温情を期待するのはむりである。不韋は一生、召使いのごときあつかいをうける。それがいやであれば、どこかの家に女婿《じょせい》としてころがりこむしかない。

十五歳にもなれば、自分の一生の設計をおこなう。

——が、自分は、志《こころざし》の立てようがない。

それが不韋にはたまらなく哀しい。

さらにこの少年にとって愉《たの》しまないことは、自分の名である。

「不韋とは——」

韋は、店であつかっている、なめしがわ、である。なめさない皮のことは、革《かく》という。だがこの場合、韋は皮の一種ではなく、違や囲（圍）のかわりにつかわれ、不韋は、不違とか不囲の意味をあらわし、「たがわない」とか「かこまない」ということではないのか。また韋そのものには、そむく、という読みかたがあるので、不韋は「そむかない」とも読める。

いずれにしてもたいした名ではない。

「まだ、仲《ちゅう》のほうがよい」

次男は仲とよばれる。かつて東方の斉《せい》の国で桓《かん》公という英主に仕え覇権《はけん》をもたらした名宰相を、管仲《かんちゅう》という。やはり東方の魯《ろ》の国で儒教を興した哲人を仲尼《ちゅうじ》という。それら賢能は、いずれも次男として生まれたので、仲のあざなをもっている。自分に誇るもののない不韋は、そんなことを希望の光として、胸にしまっておくしかない。とくに管仲については、

――若いころ、商売をおこなっていた。

と、知ったことで、親しみと敬意がました。商人でも史書に記されるような執政になれる。たしかに管仲は奇蹟の人である。管仲に比肩できる宰相は、上古にいたといわれる伊尹《いいん》しかいない。伝説では、伊尹は料理人であったらしい。つまり、ふたりとも、貴族の生まれではなかったではないか。だから、自分のような卑しい身分の者でも、いや、卑しい身分であるからこそ、後世に名の残る宰相になれる、と不韋はばくぜんとおもった。

十代の少年の願望としては不遜であろう。むろん不韋は官界に足をふみいれる自分を、空漠とした未来に濃厚な色彩で描きつづけているわけではない。宰相になる自分を夢のような淡彩で描き、その未来図が現実の昏《くら》さにけがされるまえに、あわてて折りたたみ、懐にしのばせておくような少年である。

さらに、この少年は自家の氏姓についても考えた。

氏は呂《りょ》である。すると、当然姓は姜《きょう》である。

姜族は中国の中心にある嵩《すう》山のあたりを本拠としていた遊牧民族である。その民族の一部が南下して呂というところに国を樹《た》てた。伝説では帝舜《しゅん》か禹《う》王のころ、太公望《たいこうぼう》の先祖が呂に封ぜられたことになっている。それゆえ太公望は呂望ともよばれる。呂不韋の呂は、周《しゅう》王朝の初期に東方に斉の国を樹てた太公望と氏姓はおなじである。太公望は周王朝をひらいた武《ぶ》王を輔佐する三公のひとりでもあり、人臣の最高位にいた人である。

呂不韋の家は韓《かん》の国の陽翟《ようてき》という邑にある。この邑は、春秋時代には櫟《れき》とよばれていて、鄭《てい》の国の副都であった。そうとうに大きな邑である。戦国時代になり、鄭が黄河より北にあった韓に攻め滅ぼされるころ、櫟は陽翟と邑名《ゆうめい》を改められ、一時期、韓の首都であった。

陽翟の北と東は川に接している。潁水《えいすい》である。この川をさかのぼってゆくと、陽《よう》城《じょう》がある。夏《か》王朝の始祖である禹王の居城があった地である。その西北方に嵩山がある。さらにいえば、陽翟より西南方にゆくと宛《えん》という邑があるが、その近くに呂という国があったのである。

まさに呂不韋の先祖は姜族の本拠地に居残っていたというめずらしさをもっている。

――呂氏はまだ天下を取ったことがない。

不韋という少年が一日の仕事につかれはてて、家の壁に背をあずけ、膝を抱いて暗さに沈んでいるとき、泡のようなつぶやきをもらす。そのひとつがそれである。なんという現実からかけはなれたつぶやきであろう。さすがにそのつぶやきには色がない。

天下を取るというのは、天命がくだった者しかなしえない奇蹟で、いかなる貴人でもほとんどはたしえないことである。過去をふりかえってみればよい。夏王朝は禹王よりはじまったというより、禹王は臣下に王位をゆずったので、その王位を奪回した禹王の子の啓《けい》からはじまった。天下を実力で取ったのは夏王啓であり、その後、夏王朝を滅亡させた商《しょう》（殷《いん》）の湯《とう》王、さらに商王朝を倒した周の武王があらわれた。ほんとうに天下を取ったとよべるのは、呂不韋が生きている時点ですでに二千年は経ているであろう長い中華の歴史のなかで、その三人しかいない。かれらはいずれも武力で王朝を樹てたが、やはり天命があったのである。むろんその三人は呂氏ではない。

呂不韋は、呂氏が天下を取ったことがないのをひそかに嘆いているわけではない。いちど天子の位に即《つ》いた者の氏姓は、隆盛をきわめて衰えると、ふたたび天下の主になることはできない。前代で栄えた氏姓は次代では栄えない。それも天命であるといえる。呂氏が天下を取ったことがないということは、これから呂氏が天下を取りうることをいっている。

——わたしがその唯一人《ゆいいつにん》になる。

とは、とても呂不韋はいえない。が、呂氏がおちぶれた氏姓ではないというところに救いがある。それよりもなによりも、呂不韋はこの陰険な家からでたかった。その機会が十五歳になっておとずれた。

「山をみてこい」

と、父にいわれ、旅にでることになったのである。

二

うすよごれたひげをあごの下にたくわえた男が呂氏《りょ》の家をおとずれた。かれはすぐに主人の部屋に通されたので、店員たちは、

「何者だろう」

と、ささやきあった。年配の店員が、

「あれは彭存《ほうそん》だよ」

と、若い者たちにおしえた。彭存の先祖は山虞《さんぐ》であったらしい、ともいった。その声をとらえた呂不韋《りょふい》は、

――山虞とは何だろう。

と、興味をいだいた。が、年配の店員に訊《き》きにゆく勇気をもたなかった。

「そんなこともご存じないのですか」

といわんばかりの冷笑する目をむけられるのはたまらない。実際、呂不韋は兄や弟とちがい、学問らしきことをさせてもらっていない。それだけにかえって知識欲は旺盛である。呂不韋の立場では耳学問をするしかない。ものを識《し》らないことも、

みじめなことである。

——自分はみじめの塊《かたまり》だな。

と、呂不韋はおもう。

だいいち、商賈《しょうこ》という人種は、もちろん貴族ではなく、庶民のなかでも最下等におかれている。農人、工人の下におかれている。ところで正確にいえば、商人は行商人のことで、賈人《こじん》は店をかまえて売買をおこなう者をいうので、呂氏は商人ではなく賈人ということになる。ちなみに估《こ》は賈と同音で、やはりあきなうことをいうが、估客《こかく》などの熟語があり、どちらかといえば估は賈より商の意味に近い。ついでにいうと、商は、古代の国名であり、王朝名でもあり、のちの殷《いん》のことである。それゆえ商人は、商の国民をさし、「しょうひと」と読まれた。商民族の頭脳は古代では卓抜しており、貨幣経済の原形も商王朝の末期にあり、商人が物を各地にうごかすことをはじめたので、交易《こうえき》をなりわいとする人々は、

「商人のまねをする人」

であり、商人のごとき人となり、ついに「しょうにん」とよばれたり読まれるようになって、その名詞は普通名詞になった。

それはさておき、商人より身分が下の者は奴隷しかいない。

——奴隷は人ではない。

というのがこの時代の通念であり、むろん呂不韋もその通念に染まっている。牛馬にひとしい奴隷を人からのぞけば、人としての最下等は商人である。呂不韋がそこにいることはうごかしがたい事実である。その商人の子として生まれ、しかも嫡子でない。この世の底部をうろついて一生をおえそうなさだめを呂不韋は感じている。

「山へゆけ」

と、父からいわれたとき、なんのことかわからなかった。やがて、彭存というこぎたない男についてゆき、鉱山というものをおしえてもらうためだとわかったが、かえって父の意中をはかりかねた。

——なにゆえ、わたしがゆくことになったのだろう。

商人にとって金属を産する山をみておくことがたいせつであるのなら、なぜ、兄がゆかぬのか。

呂不韋は想像力がゆたかである。

父は、かわいがっているふたりの子を家におき、たいして目をかけていない子を山へやる。そこには別の意図があるのではないか。

——たとえば……。

　と、呂不韋は心のなかでつぶやいて、それから自分の想像に畏怖《いふ》し、うろたえた。

たとえば、父は彭存に耳うちをする。

「あの子は要《い》らぬから、山で始末をしてくれ」

いや、その耳うちは、同行する鮮乙《せんいつ》という店員にされたかもしれない。

山を知らぬ少年を、山のなかで殺すのは、たやすいであろう。なんら手をくださなくても、雲がかかる深山や霧に沈んだ幽谷におき去りにすれば、少年は路に迷い、疲れに疲れて、ついに斃《たお》れ、その骨は礫石《れきせき》にかわるであろう。

呂不韋はそういう想像にとじこもった。

「では、たのみましたぞ」

三人が出発するとき、呂氏は彭存と鮮乙に声をかけた。不韋は上目づかいに父の顔をうかがった。感傷のない顔である。息子を山へ送りだすといういたわりもない。

——父はふたりに何をたのんだのか。

胸の底から幽《くら》さが立ちのぼってくる。ふと、父のかたわらを見ると、兄と弟が浅い笑いのなかでことばをかわしていた。不韋の刺すようなまなざしに弟は気づき、急にへらへらと笑った。兄は笑いをこらえたような表情をした。義母の東姚《とうよう》は不韋の視界のなかにいない。

——この家には、わたしに同情してくれる者は、ひとりもいない。

呂不韋は不安で哀しい一歩を踏みだした。

——山にはいるまえに逃げよう。

歩きはじめた呂不韋はそればかりを考えていた。だが、家からはなれて、実際にみた広大な天地は、べつの恐怖を呂不韋にあたえた。

「ああ——」

と、嘆声を発するしかない広さと大きさである。

この天の下、地の上に、さまよい出れば、小虫のごとき哀れさで、一陣の風に吹きあげられ、空中の塵《ちり》に化してしまうであろう。広大な天地は、束縛されている者にとって、自由への保証のようにおもわれる。だが、生活の手段を身につけていない少年にとって、死そのもののようにみえた。

——死ぬよりは、家のなかで酷使されていたほうがよい。

呂不韋はつくづく自分の無力さを感じた。逃げる、という、この旅の主題が、はやくもこの繊細な神経の持ち主である少年のなかでついえようとしている。

三人は北へ北へ歩いている。

小さな丘があった。その丘を越えようとするとき、大平原に煙がみえた。三人は歩みをとめた。

——煙ではない。

呂不韋は目を凝らした。煙のようにみえるのは砂塵である。砂塵を蒙々《もうもう》とあげているのは兵馬である。大軍が呂不韋の視界のなかを西から東へ移動している。よくみると、軍の色は赤と黒に二分されている。そのことに鮮乙も気づいたらしく、かたわらの彭存に、

「あれは、韓《かん》と秦《しん》の軍が、ならんで東方にむかっているのでしょう」

と、問うようにいった。

「そうらしいな」

さほど興味はないといった声が彭存から吐かれた。

「いよいよ、斉《せい》を征伐するのでしょうか」

国際の情勢については鮮乙のほうがよく知っているようである。呂不韋はだまってきき耳を立てている。

「韓と秦が連合して斉を攻めるとは、めずらしいな」

逆に彭存が訊いた。

秦は西方の大国であり、中原《ちゅうげん》の諸国を攻略しつづけている。その秦と国境を接しているのは韓と魏《ぎ》と楚《そ》と趙《ちょう》であるので、その四国は自国の防衛に苦慮し、ときには連合して秦を攻めることがあるが、たいして成功をおさめず、かえって秦に攻め込まれることが多く、はっきりいって、四国とも領土は縮小しつつある。四国が秦を攻めるときは、盟主として東方の大国である斉の王をかつぎだす。五国連合のかたちをとるのである。それが通例であったのに、今回にかぎり、韓は秦と協力して斉を攻めるのはどうしたことであろう。彭存の問いは、それである。

「秦と連合するのは、韓だけではなく、魏も趙も、最北の国である燕《えん》もそうらしいです」

うわさをかきあつめると、そうなる。商家で働く者として、各国の情勢について、なるべくはやく正確に知っておく必要がある。だが鮮乙の耳にはいってきたのは、まだうわさの段階にとどまっているものである。

「ほう、大戦になりそうだな」

かるく路傍にことばを投げ棄てた彭存は、歩きかけたが、すぐに足をとめた。

兵馬の大集団が遠ざかって行ったのに、またもや砂塵があがったのである。ふたたび兵馬の大集団である。まえの大集団が虚空に残した穢濁《あいだく》とした帳《とばり》が地に落ちて鎮まらないうちに、あらたに黒い帳が高々とかけられようとしている。それは地が吐きだす瘴雲《しょううん》のようにみえる。

十万をこえる兵がまとまって移動するのをはじめてみた呂不韋は、ことばをしばらくうしなった。自分が知っているかぎりのことばでは、胸にうけた衝撃を表現することができないことを知った。この少年の脳裡《のうり》には、目撃している兵馬の多さだけではなく、各国が出す兵馬の多さもあり、それらがまとまったとき、兵の数は百万をこえるのではないかという想像がつづき、それを迎え撃つ斉軍が五十万をこえる大軍容であったら、どんなすさまじい戦いになるのか、という想像の連続がある。その果てにある死者の多さが、呂不韋の胸を悪くさせた。

——なにゆえ、人は殺しあうのか。

いつからそういう世になったのであろう。

急に呂不韋はしゃがんで土をなでた。

鮮乙はふりかえった。彭存も少年の手もとをいぶかしげにながめた。

「どうなさいました」

「土は毒を吐くのだろうか」

土が吐く毒を吸った者が兵士となり、人を殺す。呂不韋はそんな気がしてきた。

鮮乙は困惑したように目をあげた。すると彭存は目を細め、

「土に血を吸わせるからそうなるのだ。人が土のうえで血を流すことをやめ、和合して、土を祭り、酒をささげるようになれば、毒など吐かぬ」

と、おしえた。呂不韋は立った。自分が考えていることを、多くのことばをついやさず、人に通じさせたというおどろきをおぼえた。

少年の目にかすかな親しみと感謝とが湧き、その目を、微風にひげをなぶらせている粗衣の男にむけた。彭存は何歳であろう。二十代ということはなさそうであるが、三十代とも五十代ともみえる。その男が少年のまなざしをうけて、一瞬、奇妙な真摯《しんし》さをみせた。つぎの瞬間、その真摯さを微笑のしたに淪《しず》め、さらにその微笑をにわかに不機嫌さに委譲した。

わずかなあいだの表情の微妙な変化とそれにともなう明暗は、呂不韋の目にありありとうつった。だが、

――気むずかしそうな人だ。

とはおもわなかった。呂不韋はつねに人を悩《おそ》れてきた。たしかに彭存という正体のわからぬ人物へも、ひとかたならぬ悩れをいだいている。しかし自分が感じた疑問の奥にあるものを、かなりのはやさで汲みとってくれたところに、近寄ってもよ

い情性がまたたいたような気がした。

三

三人がみた軍は、まさしく秦《しん》と韓《かん》の軍で、鮮乙《せんいつ》がいったように、斉《せい》へむかっていた。

斉の湣《びん》王は宋《そう》の国を滅亡させてから驕慢《きょうまん》がつのり、南は楚《そ》を侵し、西は韓、魏《ぎ》、趙《ちょう》の三国を攻め、自国の肥大を喜ぶあまり、

——わしは天子になれよう。

という幻想をいだいた。その幻想をたたきこわすために、韓、魏、趙、燕《えん》、楚、秦の六国が連合して斉を攻めることにしたのである。

秦の昭襄《しょうじょう》王は、昨年、楚王および趙王と会見し、今年、魏王および韓王と会見した。ときの韓王は釐《き》（僖《き》）王であり、かれは西周《せいしゅう》で昭襄王と会い、兵を発することに同意した。

三人がみたのは、斉を滅亡寸前に追い込む軍の一部であったわけだが、この年は歴史の折り目といってよく、秦と斉の二強時代がおわり、秦の一強時代のはじまり

にあたる。つまり、秦の中国統一のながれが、この年から加速されることになる。

むろんこの三人には、そういう歴史の重大時点に立っているという意識はない。紅塵《こうじん》の立つようなところの空気をひごろ吸ってはいないらしい彭存《ほうそん》は、平原での戦争を山のなかから軽蔑のまなざしでみているようであり、鮮乙はどこへ行っても戦争に遭遇し、いわば戦乱になれている。それゆえ、遠望した軍を、

——ただならぬもの。

と、みたのは、三人のなかでは呂不韋《りょふい》ひとりであった。兵馬がかきあげた砂塵が目から吹きこんで心の底で、ざらりと音をたてた感じが、いつまでも残った。

人を殺そうとする者が踏む土は、毒の雲を立ち昇らせる。

そうおもえば、大軍の通過したあとを踏みたくなかった。その点、彭存がすこし進路を西へずらしてくれたので、ほっとした。

三人は黄河を渡ることになった。

旅館で食事をおえたあと、鮮乙は呂不韋にむかって、

「いまからでかけますが、帰りが遅くなっても、ご心配にはならないように。ゆっくりお休みください」

と、いって、彭存と連れ立った。

旅館に残された呂不韋としては、逃げだすのにこんなよい機会はないとおもったが、足も気持ちもうごかない。いちどねむくなり、横になった。目をひらいたが、ふたりはもどっていない。急に心細くなった。こちらが逃げだすどころか、むこうが逃げだしたのではないか。この旅館に置き去りにされたら、これからどうしたらよいのだろう。そうおもいはじめると、ねむ気は飛散して、なにか冴えざえとしたものが脳裡《のうり》に生じた。

ながいあいだいやな緊張にとらわれていた。いらいらと立《た》ち居《い》をくりかえし、ときどき横になった。

――ふたりはどこへ行ったのだろう。

考えてもらちのあかないことを考えているうちに、けだるさに襲われた。

気がつくと朝であった。鮮乙と彭存が大あくびをしていた。呂不韋はふたりを刺すように視《み》た。自分のなかで処理しきれない感情を鮮乙にぶつけてみたくなった。が、そうした場合、この頭の切れる店員は、

「ふん、妾腹の子は、しょせんだめだ」

とでもいい、みにくい変容をむけそうな気がした。

おとなのなかにあっては、幼稚といわれかねない感情をおさえ、ききわけのよい

少年を演じてゆかねばならない自分に、呂不韋はいらだちをおぼえた。

旅館を発《た》つまえに、鮮乙は二、三度呂不韋の表情をうかがった。

——わたしをさぐっているらしい。

鮮乙の目は、この少年は何かを気づいたか、とたしかめようとしている。そういう目がすぐにわかり、しかも自分は何も気づいていないという鈍感さをみせることに、呂不韋はわずらわしさを感じ、その感じをひきずりつつ舟に乗った。

茫漠《ぼうばく》たる水である。

この水の果ては、天とあわさり、融《と》けあっている。いまみる天ははるかに遠いのに、果ての果てまでゆくと、天は水に落ち、水は天に昇るのであろうか。

こういう想像は暗く閉じがちの少年の心をおもいがけない広さでひらいた。そのひらいた心に、水面を走ってきた風が吹き込み、吹きぬけた。同時に、胸のなかでひきずってきた重さが、風とともに去った。

鮮乙が膝をずらして、彭存のほうにからだをかたむけ、

「山にはいるまえのお浄《きよ》めは、どうでした」

と、ささやくようにいった。

「ろくな巫女《ふじょ》はおらぬ」

彭存が吐き棄てたことばが、呂不韋の耳にとどいた。

——そういうことか。

おとなたちの夜のいとなみがどのようなものであるのか、呂不韋の年ごろでは空想するしかないが、若い店員のなかには、女の話ばかりをする者がおり、ときどき年配の店員がそれにくわわると、話が卑猥《ひわい》のほうへ堕《お》ちてゆくことを知っている呂不韋は、いつのまにか、

——女は男を堕落させるものだ。

と、信じるようになっている。

女の話をするときの男たちの目つきや口ぶりに、ほかの楽しみを話すときとはちがう、隠微な卑しさがただよう。ことばは陰《くら》い爛《ただ》れを帯び、笑いにも、澄んだ明朗さがなく、のどにかかってそこからしみでてきたような不透明さをもっている。そういうところを目撃すること自体、呂不韋はきらいであった。よくみれば、父も自分の妻をみるとき、子どもや従業員にむけている顔とはちがう甘くゆるんだものをみせる。

——いやな顔だ。

と、呂不韋はおもう。父を嫌悪するというより、女を意識した男の表情を嫌悪す

そのつど、女などにみむきもせず、毅然と生きてゆく男はいないのだろうか、と反発するようにおもう。あって、毅然と生きている男はみあたらない。店員のなかで、鮮乙は機敏ではあるが、背すじをのばし、骨骼《こっかく》を正しくすえて、ものごとにあたってゆくという風儀はない。商賈の人というのは、どこか卑屈で、頭も腰もひくく、肩や背がまるい。その姿勢で生きつづけてゆくことにも、呂不韋は嫌悪をおぼえる。

――天を仰がないからだ。

うつむいてばかりいては一生天をみることができない。ときには身をそらし目をあげてみなければ、人は頭上にあるものがみえぬであろう。たしかに天は遠い。人のいとなみにはかかわりがないほど遠い。それにくらべて水は近くにあり、人のいとなみには不可欠である。しかし天と水とをどこで区別するのか。

舟のなかで仰向いた呂不韋は、かしこにも水があるとおもい、水面にまなざしをもどして、ここにも天があるとおもった。

旅は、呂不韋という内向の少年を、変えつつある。

風光にはことばが満ちている。

そのことに呂不韋は気づいた。人の世でかわされることばとは、ちがうことばである。呂不韋はこの旅でも寡黙であるが、家のなかにいるときとはちがって、それは苦痛ではない。つぎつぎに視界をおとずれる山河や草木それに鳥獣などと対話をしているからである。

——彭存も、おそらくそうだろう。

呂不韋にはわかる。彭存は山のことばをもっている。柳下の家で娼女を抱くよりも、山上で彩雲《さいうん》を抱いたほうが、はるかにこころよいであろう。だが、彭存がめざしている山は、どこにあるのか。

黄河を渡ってはるばる北へ行っても、まだ韓の国の内であったのは六年まえまでである。いまは秦の勢力が斗入《とにゅう》している。もともと韓は、黄河の支流である汾水《ふんすい》の下流域にあった韓原《かんげん》から発している。のちに首都を平陽《へいよう》に遷《うつ》したが、その邑は汾水をさかのぼったところにあり、そんな北にあった国が、突如南下して、黄河を渡り、黄河の南の広域を併呑《へいどん》して、首都をそちらに遷したのである。

すでに三人は山間の路を歩いている。

目をあげると、岌峨《きゅうが》が岫雲《しゅううん》を吐いている。その雲が雨をふらせるころ、三人は茅葺《かやぶ》きの家にはいった。なかには老夫婦がおり、彭存の知人であるらしい。

夜、みなが炉をかこんだとき、呂不韋はおもいきって、

「山虞《さんぐ》とは何ですか」

と、彭存に訊《き》いた。

「山虞……、わしのことか。それなら、ちがう。わしの先祖は山虞ではなく、山師《さんし》であった。わかるか」

「わかりません」

「ふむ。そうか。周王のもとには大臣がおり、その下に百官の役人がいた。山虞はそのひとりで、山林を管理し監督をする者であった。山虞は人民を教導する司徒《しと》という大臣に属している。それにたいして山師は、軍事の大臣である司馬に属して、山林の名を掌握して、それの利害を選別していた。さて、どちらの役人が山をよく知っていたとおもうか」

「山師です」

「ふふ、それがわかれば、充分だ」

彭存のひげがゆれた。

茅葺きの家で一泊して、朝霧を衝《つ》いて出発した。にわかに路がけわしくなった。ほとんど休息をとらなかったので、呂不韋の足のまめが破れた。それを横目でみた彭存は、渓流のほとりで足をとめた。

「ここまでくれば、着いたも同然だ。すこし休もう」

と、彭存は鮮乙にいった。

呂不韋は布《きれ》でまかれた自分の足をみた。そのうちに視界のすみが光を放ちはじめた。

――おや。

呂不韋は目を移して川面をみた。光っているのは水の表面ではなく、水底の石である。呂不韋は手をのばして石を拾いあげた。

――なんだ、ただの石か。

水からあげた石に光はない。黄金色にみえていたのは錯覚であったのか。呂不韋はかるい落胆をおぼえて、石を投げた。その音におどろいたように鮮乙が川面をみた。が、すぐに彭存と話をはじめた。

呂不韋はじっと川底の石をみつめている。黄金色に光っているのである。どうみても、さきほどの石とはちがう。足を濡らさないととれないところにある石である。呂不韋はついに鮮乙をよび、ゆびさした。鮮乙は細めた目を、やがて大きくひらき、水にはいって石を拾って、歓声とともに高々と石をあげた。その石をうけとった彭存は、

「これは黄金ではない。金《きん》だ」

と、冷静な声でいった。金とは、銅のことである。その声を遠くできいた呂不韋は、奇異の感にうたれ、碧水《へきすい》の底で光を放っている金をさらに発見しようとした。

黄金の気

一

呂不韋《りょふい》は足をひきずるように歩いた。

いちどだけ彭存《ほうそん》は呂不韋に声をかけた。

「足が血を吐くほど歩いてみて、はじめて人は真の歩行を獲得できる」

奇妙なことだが、そういわれてから、すこしずつ足の痛みが引いていった。

渓流にそって磧礫《せきれき》を踏み、それから黒く光る石径を躋《のぼ》った。頭上の磐牙《ばんが》がときどき妖しい光を放つ。風が旋《まわ》っている。石径を歩くうちに、あるところはぶきみなほどの無風で、あるところは草をひきちぎるほどの烈風であった。

鮮乙《せんいつ》が首をすくめた。頬をふくらませた。風にまむかうと呼吸ができないのである。

「風にも道がある」

彭存の声が風にちぎれて飛んだ。

やがて三人は巨《おお》きな岩のかげにはいった。

一瞬、呂不韋は耳鳴りをおぼえた。風の音が烈しいわけではない。まったく逆で、そこには音がなかった。うそのように静かである。突然の静寂が呂不韋の聴覚を狂わせた。

鮮乙は崩れるように腰を落とし、肩で荒い呼吸をし、瓢《ひさご》を腰からはずし、水を呑んだ。

彭存も瓢を手にしたので、呂不韋はまねをした。

「それで、彭存どの、その山はどこにあるのですか」

鮮乙の口調に疲れがある。

彭存は目で笑った。

「このあたりだな。ここかもしれぬ」

と、彭存は背後の岩をたたいた。

「え、ここ、ここに、黄金が――」

目をみはった鮮乙は、巨岩をみあげた。彭存がめざしてきたのは金（銅）の山ではなく、黄金の山であった。

「これから岩を採取する。それをもって趙《ちょう》の邯鄲《かんたん》へゆき、黄金の含有量をしらべてもらってくれ」

「彭存どの——」

鮮乙は声をとがらせた。

「なんだ」

「ここがたとえ黄金の山の入り口であるにせよ、足場が悪すぎる。採掘と運搬に相当な困難が予想される。そこに投じる資金はおそらく莫大なもので、よほど大量の黄金が産出されないと、損益は等しくならない。つまりこの投資には危険が高すぎる。ここより足場のよいところで黄金が埋蔵されている山はないのですか」

「いまのところは、ここだけだ」

瓢を腰にもどした彭存は、鮮乙のことばをはらいのけるように立って、椎鑿《ついさく》をとりだし、あたりを歩きはじめた。

鮮乙はその影を目で追おうともせず、二、三度舌打ちをした。

——ここは、だめだ。

と、頭からきめている顔である。

呂不韋の知識では、黄金の採掘と運搬、それに精錬《せいれん》という、この事業の全容をつかみきれない。呂不韋の父は物を売買するだけであるから、この種の事業を単独でおこなうはずはなく、ほかの賈人《こじん》か、あるいは韓《かん》の政府に声をかけて、共同出資をするということであろう。そのあたりも呂不韋の想像を超えたところにある。それはさておき、呂不韋にとってもっともふしぎなのは、鮮乙の態度である。このあたりからどんなに多くの黄金が採れても、採算があわない、ときめてかかっている。鮮乙は計算の達者であるから、ここにすわって彭存の話をきいたとき、またたくまにはじきだした数字があるのだろう。そうでなくては、呂氏の代人がつとまるはずはないのだが、呂不韋からみれば、それは早計である。

――よくしらべ、工夫をすれば、よいではないか。

と、鮮乙にいってやりたい。だが、逆に鮮乙から、

「うまい話は、安易に凴《の》ると、痛い目にあいます。話の内容をしらべるのは当然ですが、なるべく自分の足をつかってしらべることです。他人《ひと》まかせにすると、おもわぬ誤解が生じます」

と、いわれた。

呂不韋の胸の底に浅い嗤《わら》いが立った。

「父は、おまえにこの山の価値を商《はか》らせた。他人まかせにしたことにはならないか」

鮮乙は、おや、という目で呂不韋をみなおした。ひごろのおとなしさの下にあるものが、精気をうしなった順良さではない、と気づいた目である。鮮乙はじわじわと笑いを目もとと口もとにひろげた。

「ご主人は商売にいたってからいかたです。黄金の採掘事業に手をだして、失敗すれば、家産にすくなからぬひびがはいることはご存じのはずです。それゆえ、ご主人はわたしを代人になさった」

「父はおまえを自分の手足のごとく信頼しているということか」

「そうです、といいたいところですが、そうでもない。ここがご主人のからさです」

目もとと口もとの笑いを鼻に斂《おさ》めた鮮乙は、その笑いを鼻孔から棄てた。

「仲《ちゅう》さま……」

と、鮮乙は口調をあらためた。

「仲さまは、ご主人にとって、他人ですか」

このことばほど呂不韋をおどろかせたものはない。呂不韋にとって父は他人より遠いところにいる。ところが、彭存がもってきた黄金の山の話をきいた父は、商定における洞察力をもつ鮮乙のほかに自分の息子を山へやった。それは、使用人の目に全幅の信頼をおいているわけではなく、肉親の目も物事の査定に不可欠である、ということであろう。つまり父は呂不韋になんらかの信をおきはじめたのである。

——ほんとうにそうか。

呂不韋は胸のふるえをしずめるように腰をおろした。

父の愛情の多くは妻である東姚《とうよう》にむけられ、東姚の子である呂孟《りょもう》と呂季《りょき》に頒《わ》けあたえられている。呂不韋としては、父の愛情のしずくさえ感じたことはない。信頼は愛情のなかにこそあれ、信頼のなかに愛情があるわけではないだろう。山へやらされたことが、父が自分を信じているあらわれであり、愛情の表現であるとどうしていいきれよう。むしろ、ひとつの物事にあえて表裏をみつけ、もともと何もない裏の部分に、自分の情理を置いた鮮乙という男のほうが、呂不韋にたいする愛情は父よりまさっているということなのではないか。推量をすすめてみれば、家のなかで憂鬱にくるまっている主人の息子を一瞥《いちべつ》した鮮乙は、

——山へ連れだしてやろう。

と、ひそかにおもい、ことばたくみに主人に説いたのではあるまいか。もしもそ

うであるなら、情累《じょうるい》をわきにおいて利のために敏活にとびまわっているようにみえるこの鮮乙という男にも、

——人知れぬ哀しみがある。

と、呂不韋はおもった。

山には烈風のところと無風のところがある。いまふたりが無風のところで休んでいるのは、何かの象徴であろう。

急に呂不韋は鮮乙にからだをむけ、

「鮮乙、感謝します」

と、いい、きらきら光る目をまえにかたむけた。鮮乙は片頰で笑った。

「わたしは、何もしていません」

そのいいかたのしずかさに、かえってこの男の真実があるようだった。

——鮮乙は信頼できる。

この瞬間、呂不韋は強烈におもった。父がこの男の内容を洞察した以上に、呂不韋はこの男の情素をつかみきった感じがした。

「これと、これを、もってゆけ」

突然、彭存があらわれ、鮮乙のまえに大きな石をふたつおいた。

足音がきこえず、いきなり彭存の影が足もとから湧いたので、呂不韋はおどろいたような目をこの山師《さんし》にむけた。その目に気づいた彭存はちらりと微笑をかえしたが、急におどろきの色で微笑を染めかえた。

――何におどろいたのか。

呂不韋はゆっくりふりむいた。彭存のまなざしが自分の頭上におかれたような気がしたからである。かわったものは何もない。巨岩があるばかりである。

そのあいだに、彭存は鮮乙にむかって手をさしだしていた。

「わかっていますよ」

鮮乙は葛籠《つづら》をあけて、袋をとりだした。

「黄金五斤《きん》です」

「そうか」

さっそく彭存は袋をひらき、なかをたしかめた。鮮乙はしぶい表情でふたつの石を葛籠におさめた。一斤はいまの二百五十六グラムにあたるので、彭存がうけとった五斤は一キロ余の重さがあったということになる。

「くどいようだが、ここで黄金の採掘がはじまれば、わしに三十鎰《いつ》の黄金が礼物として用意されることになっている。きいているだろうな」

「うかがっていますよ。だが、ここでの採掘は、まずむりでしょう」

鮮乙はかるく目をそらした。

金貨の単位は、十六両を一斤とし、その一斤が一金となるのがふつうのながれである。が、それとはべつに鎰という単位も存在した。二十両または二十四両が一鎰である。一両が十六グラムであったから、三十鎰は九・六キロまたは十一・五二キロである。

「むりなら、ほかの賈人に話をもってゆくまでよ。呂氏とは旧知のあいだがらなので、最初に吉報をつたえたのだ。わしの信義も高く買ってもらいたい」

と、彭存は鮮乙の胸をたたくようにいい、しかしその目はなぜか呂不韋にむけられた。

二

「まもなく雪がくる」

山をおりながら彭存《ほうそん》は上空を仰ぎみた。

渓流の碧《みどり》は消え、あたりの磧礫《せきれき》は黝《あおぐろ》さのなかに沈もうとしている。が、頭上の梢のさきにある空は、奇妙に美しい青であった。渓流のほとりだけが、いちはやく夜に近づいているということであろう。

呂不韋《りょふい》は履《くつ》をぬいだ。小石がなかにはいったのである。それをみた彭存は鮮乙《せんいつ》の肩を微妙にたたき、水ぎわにさそって、瓢《ひさご》を水にひたしながら、

「黄金の山をどうしてみつけるか、知っているか」

と、意味ありげな目つきをした。

「黄金のにおいでもしますか」

鮮乙も瓢に水を入れた。

「ちがうな。黄金の山には気が立つ。それでわかる」

と、低い声でいった彭存は、かたわらに呂不韋がきたことに気づき、表情をあいまいにした。

「どのような気が立つのですか」

と、呂不韋はきいた。彭存の声がきこえたのである。黄金の山の発見法を鮮乙に伝授するのであれば、自分にもおしえてもらいたい、と呂不韋はとっさにおもった。そういう願望をぶつけてもかまわぬ人であると呂不韋は彭存への恐れを解いている。

彭存は表情のあいまいさを笑いで払った。

「黄金の気だ。まっすぐに、こう立つ」

急に語気を強めた彭存は、両手で大木をつかむようなかっこうをし、その両手をいきおいよく上昇させた。両手のあいだにあった空気が、そのまま天に昇ってゆくような感じであった。

「その気は、わたしにもみえるのでしょうか」

呂不韋の声がすこし細くなった。

「みえる」

彭存は断言した。

小さな笑声が鮮乙の口からもれた。

「彭存どの、黄金の気がたれの目にもうつるとすれば、あなたという人は不必要になる。そうではありませんか」

「はは、計算のはやい男はこれだからこまる。いまこのあたりで黄金の気が立っているとしよう。ところがわれわれは谿澗《けいかん》のほとりにあって、視界は崒乎《しゅっこ》とした樹木や岩にさまたげられて、わずかな蒼天《そうてん》をみるばかりだ。かりに、視界がひらけた崇丘《しゅうきゅう》にのぼったとしよう。そこから遠くの岡阜《こうふ》に黄金の気が立ち昇っているのをみたとしても、はたしてその場所がどこであるのか、いざ近づいてみて、わかるとおもうか」

「なるほど……」

鮮乙はうつむき、瓢を腰にさげた。

「黄金の気をみて、その気がどこから生じているのか、みきわめるには、絶妙な位置に立たねばならない。そのためには、つねに山を歩いている必要がある。わししかのぼれぬ峭崖《しょうがい》の上に立てる者がいようか」

彭存が力説しているあいだに、呂不韋は水ぎわを歩きはじめた。どういう光の屈折がおこったのか知らないが、渓流をへだてたむこう岸に、黄金の柱が立ったのである。呂不韋は息を呑んだ。

「あれは――」

と、彭存にきこうとして、ふりむくと、ふたりのおとなはひたいをすりあわすようなかっこうで、話をしていた。

「おい、鮮乙、よいことをおしえてやろう」

「なんです」

「黄金の気は、地から立つばかりではない」

「ほう……」

「人からも、立つ」

語気をあえておさえたようないいかたをした彭存は、鮮乙のまなざしをいざなうように、呂不韋のほうをみた。彭存と鮮乙とはほとんど同時に呂不韋を視界におさめたのであるが、対岸に立った黄金の気に、注目がおよばなかった。というより、かれらが呂不韋をみたとき、すでに対岸から黄金の光は消え去っていた。

顔をもどした彭存は、

「あの子から、黄金の気が立った、といったら、信じるか」

と、さぐるような目つきをし、自分のことばに軽く笑いをまじえた。が、鮮乙は笑わず、

「どこでごらんになりましたか」

と、問うた。

「巨岩の近くでみた」

「山の気ではないのですね」

「ちがう。あきらかに、ちがう」

「あのときわたしは仲《ちゅう》さまのとなりにいました。わたしの目にはそれらしき気はうつらなかった」

「近すぎても、気はみえぬよ。さきほどいい忘れたが、気をみるには時もかかわりがある。その時、その場にいる者しかみえぬ気があるということだ」

「わかりますよ。商売もおなじことですから」

「ふふ、そのいいかたからすると、すでに鮮乙はあの子から感得するものがあったな」

「感得……、まあ、そうもいえますか」

鮮乙にはすでに両親がいない。妹がいるが、幼いころに親戚にひきとられ、その養女となったので、かれの近辺には肉親の影はない。そういう寂歴《せきれき》とした目がとらえた哀愁の影が呂不韋であった。

――主家の身内なのに、なぜこの子だけが酷使されるのか。

その疑念がいつのまにか同情にかわった。ほかに理由がある。ある夕方、井戸の近くで、ぼんやり夕陽をながめている呂不韋の横顔が、染《し》みてくるほど美しかった。それほど美しい少年をほかにみたことがない。

美しさが人を魅了するのは、男も女もおなじである。いや、物でも、それはいえる。路傍の石を珍重する者はいないが、深山から伐《き》りだした玉《ぎょく》や深海からすくいとった珠《しゅ》には、ふしぎな魅力があり、それゆえに人は争ってそれを求めるのである。

——美しいということは、この少年に、何かがあるからだ。

鮮乙がそうおもったことは、商売上の勘のはたらかせかたにひとしいといえるであろう。鮮乙は主人のいいつけで他国に買いつけにゆくが、かれの目のつけどころは独特で、おもわぬ利益をもたらすことがしばしばある。要するにかれは、他人の情報にふりまわされることなく、自分の耳目を信じ、勘を研ぎ澄ますことをおこたらない。それゆえ、他人の目の集まらないところをみすえて、商定することができ、主人の信用を高めている。

彭存がもってきた黄金の山の話をきいた呂氏が、山の値踏みのために鮮乙をえらんで送ったのは、そういうわけである。鮮乙は物の真価がわかる、ということである。

——人の真価はどうか。

と、いわれると、鮮乙にはさほど自信はない。人への投機はおこなったことがない。この時代、人に値段をつけるということがおこなわれている。奴隷という売買される人がいる。鮮乙の考えていることは、それとはちがうことはいうまでもない。

「鮮乙、あの山に気乗りうすのようだから、あの子から黄金を掘りだしてみるか」

彭存は皮肉をこめていった。

「仲さまが周《しゅう》の白圭《はくけい》や邯鄲《かんたん》の郭縦《かくしょう》ほどの財をなすにせよ、時がかかりますね。この投機は、金ではなく、いのちをつぎこまねばなりません」

「当然のことだ。生涯を賭《と》してこそ、大冒険といえる。ただし、あの子が天才であれば、驥尾《きび》に附《ふ》すだけでよい。いわば、遅れずについてゆくだけで、大成功のわけまえにあずかれる」

「彭存どのは、いかがです」

けしかけられていた鮮乙が逆にけしかけた。

「わしは、山が世界だ。山と対話し、山に生き、山に生かされる。ここには世俗の成功も失敗もない。まばゆい玉殿のなかにあって、美膳《びぜん》や玉肌《ぎょくき》に厭飫《えんよ》する王を、神うらやむ気はさらさらない。そもそも下界で人の手によって建造された王宮が、神の手によって造られた山岳より、壮大さにおいて、あるいは美麗さにおいて、まさるとおもうか。くらべるまでもあるまい。下界における成功とは、その程度のものだ」

その声を鮮乙は背できいた。歩きはじめたのである。

人はわずかな成功をめざしてけんめいに生きている。喜怒哀楽はそこにこそあり、それが生きているあかしなのであるが、彭存の思想を通して自分の足もとをみつめなおすと、あわれなほど区々《くく》たるものである。いや、自分ばかりでなく、各国の王も、この広大な中国のなかのわずかにたいらな部分を治めている者にすぎず、たとえ諸国を征伐し、中国を統一する王が出現しても、かれが支配する地はさほどの広さではない。

山にいると、たしかにそういう考えかたをする気宇《きう》が育つ。

山気に染められた思想の余韻を懐《いだ》いて山をおりる鮮乙に虚しさがあった。

三

小屋の老夫婦もまもなく山をおりるという。

雪が近いのである。

呂不韋《りょふい》と鮮乙《せんいつ》はそこから東方へむかい、趙《ちょう》の首都の邯鄲《かんたん》で、彭存《ほうそん》から渡された石をしらべてもらう。

「ここで別れだな。吉報を待っているぞ」

と、彭存は鮮乙に声をかけた。

「一年以内に、ここにお報《しら》せをとどけます。吉語《きつご》をおとどけできるとよいのですが」

鄭重《ていちょう》に別れの挨拶をした鮮乙は、呂不韋をうながして、出発した。

「このまま東へむかいますと、雪で道がとざされます。遠まわりになりますが、南の道を通って邯鄲へゆきます。道中で年があらたまりますね」

と、鮮乙はおしえた。背に負っている葛籠《つづら》が重そうである。呂不韋の背にも葛籠があり、そのなかには煮炊《しゃすい》の道具というべき釜鬲《ふれき》や竹製の食器がおさめられている。この時代、個人で旅行をする者は、食糧とともにそういう器を携帯しなければならない。食事をだしてくれる旅館は一軒もないのである。そう考えてみると、庶民の旅行は、つねに死ととなりあわせである。むろん呂不韋には、家をでたときから、その自覚がある。おびえつつくりだす足は、ときに恐怖に凍りついた。だが、黄河を渡るあたりから緊張が解けはじめ、山にはいってむしろたくましさを身につけた。山を歩くこころよさをふしぎに強く感じた呂不韋は、

——わたしの祖先は山岳地帯を歩いていたのではないか。

と、空想した。

山中を闊歩《かっぽ》しておぼえる解放感は、閭巷《りょこう》で生きるむずかしさを映しているといえる。山からおりるにしたがって、呂不韋は憂鬱に近づいているような気がした。

——だが、家に帰るのは、ずっと先のことだ。

はっきりいえば、家に帰りたくない。家のなかのよどんだ空気につかっているより、旅の空から吹く風にあたっていたい。とくに鮮乙との道中は不快なことがすくない。このまま、死ぬまで、鮮乙と旅をしつづけることができたらよいのに、と呂不韋はひそかに願い、この旅がかならず終わる日がくることを、あえて脳裡《のうり》から捐《えん》忘《ぼう》した。

寒風が天から音をたてておりてきた。

韓《かん》から趙へゆくには、かならず魏《ぎ》の国を通らねばならない。

魏の山陽《さんよう》という邑で投宿したとき、呂不韋はにぎやかな女の声をきいた。

広い敷地をもっている民家で、

「以前は多くの工人が働いていましたが、あるときから旅館になりました」

と、鮮乙がおしえてくれた。長屋の区切られた部屋が宿所で、そこにはいった呂不韋はすぐに外のさわがしさに身をのりだした。

多くの男女が歩いている。女のほうが多いようである。

「俳優や舞子《ぶし》でしょう」

呂不韋のうしろに鮮乙の声があった。

舞子は舞妓《ぶぎ》といいかえてもよいが、宴席を舞で飾る少女である。華麗な衣裳を着ているわけではないが、冬の落日の光に染まった貌《かお》は灯《とも》るような美しさにみえた。

「夕食といたしましょう」

その声に呂不韋は葛籠をあけた。

井戸の近くで食器を洗った。鮮乙は桶を借りてしきりに部屋に水をはこんだ。

「今日はからだを洗いましょう」

と、いった鮮乙の息が白い。井戸の水があたたかく感じるほど地が冷えてきた。

日の赤さがわずかに屋根に残っている。

その屋根の下の蒼い翳《かげ》からいそぎ足で女がでてきた。つづいてふたつの影がみえた。先頭の女は、桶をおろしたばかりの鮮乙に近づき、袖を引いて、

「ねえ、今夜、どう」

と、ささやいた。鮮乙は女の顔をたしかめてから、

「あれがいいな」

と、井戸の近くでさきに洗い物をはじめた娘を目でしめした。

「あの娘《こ》はだめ。まだ十三歳で、あの美しさなら玉の輦《くるま》に乗れるかもしれない。安売りはしないよ」

「おれはあんたでいいよ。が、かわいい連れがいる。あの子が将来大物になるとすれば、はじめの女は美女でなければいけない。ちょいと、女というものを、みせたくなったのさ」

「ねえ、いじわるしないでよ」

「いやなら、いいさ。邯鄲へゆけば、美形は掃いて捨てるほどいる。ほかの泊り客をあたるがいい」

鮮乙は女からはなれ、呂不韋に声をかけた。いきのよさそうな商人のかわいい連れというのが十五、六歳の美しい少年だとはおもわなかった女は、おどろいたようにふたりを見送った。

いちど呂不韋はふりかえった。

「鮮乙の知りあい――」

「とんでもない。はじめてみる女です。が、あのようすでは、今夜の宿泊の金を払えるかどうか」

「みな楽しげに歩いていたのに」

「連れられて歩く舞子は、上の者の苦労はわからない」

「わたしも鮮乙の苦労はわからない」

「はは、苦労はしておりません」

鮮乙の笑い声には気重《きおも》さはこもっていないようである。重い石を背負っている鮮乙の足手まといになっているのではないかと呂不韋は心配し、その想像のなかに自分がいることさえ、心の重荷になるという多感な少年であるが、内面の繊細さはあいかわらずでも、外貌に多少の変化はある。まず、旅をするうちに、身長がのびた。つぎに、鮮乙が目をみはるほどの健脚になった。さらに、異国の風光によって、目もとや口もとにあった幼さが消された。それらのことが適度なたくましさとしてまとまり、呂不韋の容貌を旅愁からすっきりぬけたものにしている。

が、呂不韋にはその自覚はない。

もっともこの年ごろの少年は、肉体の成長が意識の成長をはるかに超えてゆく。その点にかぎらず、人はいろいろな面において遅速《ちそく》があり、それらの足なみがそろうのが、四十歳なのであろう。

――四十にして惑《まど》わず。

と、孔子《こうし》がいったのも、孔子個人の精神遍歴ではあるまい。旅が孔子にさまざまなことを教えたように、呂不韋の精神にことばをたくわえさせた。端的にいえば、

「問う」

ということができるようになった。耳目にふれるものが否応なく問いを発しているといってもよい。その問いに答える者は、けっきょく自身しかいない、ということもわかる。生きてゆくうちに答えをみつける、そういう答えかたしかできず、その答えかたこそ、おのれの生きかたにある。呂不韋という内省に富んだ少年は、そのことに気づきつつある。

寒気がきびしいので、とても水浴はできず、湯でからだを拭き髪を洗うことにしたが、すぐにからだが冷えそうなので、

「食事のあと、ということにしましょう」

と、鮮乙はてぎわよく羊の肉をゆでた。山陽の市で買ったものである。

「寒いときは、これにかぎります」

鮮乙ははしゃぐようにいったが、呂不韋は鮮乙が寒中に羊の肉をほおばる愉《たの》しみのすべてを理解したわけではない。だいいち鮮乙がいうほど呂不韋は寒さを感じない。肉はきらいではないが、

——姜《きょう》族は羊を飼って生きていた。

と、おもえば、羊の肉に関しては複雑なおもいが多少は湧いてくる。

食事をおえた鮮乙は腹ごなしに東方の話をした。連合軍に攻められた斉《せい》が滅亡寸

前であるらしいといううわさを市できいたのである。

「斉王と宰相の薛《せつ》公のあいだが険悪になり、斉王が薛公を迫害し、薛公を魏へ出奔させたころから、斉は狂いはじめたのですよ」

と、鮮乙は呂不韋におしえた。世間の風にあたったことのない呂不韋に諸国の情勢や天下の趨勢《すうせい》がわかるはずはなく、薛公といわれても、一から問いたださねばならない。薛公と孟嘗君《もうしょうくん》とが同一人であることをはじめて知った。孟嘗君の名はどこかできいたことがある。

「斉王は薛公がじゃまになり、逐《お》いだしたのですが、世間では、斉王は薛公に棄てられたとみた。おもしろいものです。天下の輿望《よぼう》は、斉王にも秦《しん》王にもむけられず、一宰相の薛公に集まる。天意と民意は、国がさだめた位官などにかかわりがないのです。真に力がある者が天下をうごかすわけです」

鮮乙の話を呂不韋は目をかがやかせてきいた。

人の価値は、世間がもっともよく知っているということではないか。斉は薛公というたったひとりの男を掃きだしたことにより、大損害をこうむった。では、滅亡したあとの斉の国をたれが取るのであろう。

「さあ、そこまではわかりません。斉に国境を接している国は、北から燕《えん》、趙、魏、楚《そ》とありますから、それらの四国が分け取りにするかもしれません」

そういう話はいくらきいても興味が尽きない。

鮮乙は、目のまえにすわっている年少の対者が発散するまじめな活気に馮《の》せられたように、舌端になめらかさをくわえたが、ふと夜の深まりに気づいて、

「湯でからだを洗ったら、すぐにやすまなくてはなりません」

と、呂不韋の熾《さか》んな知識欲をひとまず掣《せい》するように立った。

湯の沸く音は、なんとなく人を幸せにさせる。

呂不韋は湯のにおいを感じ、奇妙なことを考えた。水はほとんどにおいがしないのに、水を煮ると、においが生ずる。物がそうであれば、人もそうであろう。人が熱気を帯び、心が沸けば、その人のほんとうのにおいがする。

「さあ、仲《ちゅう》さま」

鮮乙にうながされて、呂不韋は髪を洗い、からだを拭いた。それからすばやくむしろにくるまり、火の近くで髪をかわかした。鮮乙が髪を洗いおえるのをみた呂不韋は、

「鮮乙は結婚しないのか」

と、きいた。鮮乙は小さく笑った。

「妻をやしなってゆけるほどの力がありません」

「そうはおもわれない」

「妻にしたい女にめぐりあわない、ということもあります」

「それなら、わかる」

「わかりますか。はは、仲さまに、それがわかりますか」

　気のせいか、鮮乙の笑いに虚しさがある。

　やがて、部屋に闇が盈《み》ちた。頭上に風が渡ってゆくようである。ねむりに落ちかけたとき、耳もとでざらりとした音が立った。鮮乙が身を起こしたらしい。木をこする音がした。小さな火が灯った。戸口に立った鮮乙が、

「あの娘を連れてきたか」

と、硬《かた》い声でいい、戸をわずかにひらき、火をかかげたあと、いいだろうというように戸をさらにひらいた。冷風が切りこむようにはいってきた。

邯鄲《かんたん》への道

一

深夜の訪問者が、ふたりの舞子《ぶし》であることに、呂不韋《りょふい》はおどろいた。ただしその若い女たちが自分にかかわりがあるとはおもわなかった。鮮乙《せんいつ》の旅の楽しみとして、ひそかに華やぎをもとめ、酒の相手をさせるのか、とねむ気の去らない頭で考えた。

が、事態は、少年のふくよかな想像を坼裂《たくれつ》させるなまなましさで逼《せま》ってきた。手もとの火を足もとに移して大きくした鮮乙は、年下の女の衣に手をかけた。

「なにをするんだよ」

眉を揚げて鮮乙の腕をつかんだのは年上の女である。

「安心するがいい。おれが抱くわけではない。が、火の消えないうちに、仲《ちゅう》さまに、女というかたちをみせておきたいのさ」

「手をお放しよ。わたしがやるからさ」

年上の女は怒ったような表情で、鮮乙をしりぞけると、いまにも泣きだしそうな少女を目でなだめ、衣をぬがせつつ、

「二度とこんなことはたのまない。堪忍ね」

と、やさしくささやいた。

少女の目が濡れてきた。総角《あげまき》の髪がおろされ、その髪は腰まであり、髪の黒さのこちらに、女のかたちが皎《しろ》いなだらかさで在《あ》った。

呂不韋は呆然とみている。

少女はあきらかに自分より夭《わか》い。しかしその肌体《きたい》の美しさはすでに未熟を捐《す》てているようであり、いたわりの手を不要として独立し、世間のはげしさに応《こた》えてゆけそうなととのいをみせている。

――男はこうではない。

気圧《けお》されたように呂不韋は感じた。

いまの自分が裸で世間に突きだされても、精神のかたちができていないかぎり、それをつつむ肉体はなんの意味もなさず、むざんに砕け散るばかりであろう。

その点、男の心身には撞着《どうちゃく》がすくないといえるが、その成長はいかにも遅緩《ちかん》で、保護の手を女より長く必要とする。いわば自己主張がおそい。

呂不韋は少女の全身をながめながら、おのれの弱さを省《み》ていたといえる。

「さあ、仲さま」

鮮乙の手が呂不韋の肩にかかった。

――この手は、おとなの手だ。

呂不韋は肩で、手の重さと厚みをはげしく感じた。いや、そればかりではなく、意志のある手、を心で感じた。これが男の手というものであろう。たしかにそうにはちがいないが、その手で女を迎えてよいのであろうか。呂不韋にはものごとを判断する力を産む経験が不足している。これから生きてゆくということは、未知の事態にぶつかるということであり、その連続であり、とまどいつづけることでもあろう。人はそういう不安な自己を超えようと手段を講ずる。個人が体験したことから知恵を摘出するだけでは、未来はあまりにも険しすぎる。呂不韋にとって、目前の少女はその未来である。

――知識が欲しい。

うめきに似たものがのどをかけあがってきた。

その瞬間、呂不韋をつつんでいたむしろが鮮乙の手で剝《は》ぎとられた。

「あっ」

呂不韋の口から小さなおどろきが放たれた。同時に、男の未熟さが露呈したようなはずかしさをおぼえた。

「人とは、ただこれだけのものです」

鮮乙の声が呂不韋の耳もとで厳然と鳴った。対処のしようがない未来へ、突き放されたようなたよりなさのなかに呂不韋はいる。

火がおとろえはじめた。

部屋のすみの翳《かげ》りのなかに、鮮乙と女が消えようとしている。

少女は夜気によって磔《はりつけ》にされたように立っている。しゃがむこともゆるされていない罪人にみえる。呂不韋は冷えきった少女の背を抱き、

「こちらに――」

と、むしろのなかにみちびいた。あわれみが羞恥を超えたといえる。少女は年上の女からいいふくめられたのであろう、呂不韋の手に素直にしたがって、むしろのなかで身を横たえた。呂不韋はほっとしたおもいで、その素直さをみた。少女が呂不韋の手をはらいのけ、立ったまま夜明けを迎えるようになれば、呂不韋はその少

女に同情するにしても、自分に嫌悪をむけ無力感をおぼえることになったであろう。

「むしろはひとつしかない。たがいに温めあおう」

この世はひとつしかない。そのなかに投げこまれた者が、富力も権力ももたず、裸同然で生きねばならぬとしたら、こうしてかばいあってゆくしかないではないか。そのおもいが、にわかに呂不韋を大胆にさせた。両腕のなかに少女の両肩を斂《おさ》めた。冷気を抱きかかえたといえる。その冷気が少女の肌膚《きふ》から去り、なめらかさとやわらかさとをよみがえらせたころ、呂不韋はねむっていた。

目をつむったまま少女は呂不韋の清潔さをかいだ。

「小環《しょうかん》」

と、よばれているこの少女は、舞子と俳優で構成されるこの集団の苦境をひそかに告げられ、

「一夜、目をつぶっていておくれ」

と、たのまれた。たのんだ本人も同宿の估客《こかく》に身をまかすと知って、小環は哀しげにうなずいた。趙《ちょう》の国で生まれたが、すぐに孤児になり、舞子にひろわれた。ひろってくれた人はすでに亡くなっているが、その人の妹が長《かしら》であり、一族がこの集団を運営しており、自分を生かしてくれている集団に小環は恩義を感じているので

ある。

——女を捐《す》てればすむ。

それも恩義のかえしかたであると小環にはわかっていた。その行為に喜びがないことにあらためて自分の運命のあわれさをみつめ、さらに男の暴力に襲われるかもしれないことを想像しておののいた。が、意外にも、小環を迎えたのは清らかな少年であり、いっそう意外であったのは、その少年が自分を傷つけるどころか、保護してくれたことであった。

——兄とはこういうものではないか。

肉親の情にふれたことのない小環のどこかがめざめ、自分を抱いたままねむっている少年に親しみをおぼえた。こういう温かさのなかにいる自分がおどろきであった。少年からつたえられる温かさが、肌を通り骨に達する。同時に、心がやわらいだ。これはめずらしい体験であり、もしも女を捐てるという行為が男の温かさを迎えるという行為にひとしければ、恐怖も不安もぬぎ去ったここで、あらたな体験にすすむ自分をみつけたい。

が、近づいてきた朝が、小環の希望を消し去った。

星の光がおとろえぬうちに、小環は年上の女に起こされ、呂不韋からはなれた。

それでも呂不韋は目をさまさなかった。

部屋の外にでたとき小環は腰をひいた。女の手が腿《もも》をすばやくのぼってきたからである。

「よかった。何もされなかったんだね。ふん、あんな孺子《じゅし》におまえの美しさが汚されてたまるか」

女は鼻で哂《わら》った。

小環は無言のままうつむいて歩き、ふと仰向くと、空の色が変わっていた。異様に美しい星がひとつみえた。

この日の朝焼けはすさまじく、東の空がただれたように紅《あか》くなった。その後まもなく、こまかな雪が北風とともに落ちてきた。

舞子と俳優はひと足早く出発した。井戸の横に立った呂不韋はかれらが雪のなかを去ってゆくのを見送った。昨夜の少女がちらりとふりかえったようであった。そのまなざしを呂不韋は胸でうけた。淡い感傷が胸の底に立った。

二

呂不韋《りょふい》と鮮乙《せんいつ》は、山陽《さんよう》から修武《しゅうぶ》、修武から汲《きゅう》へ足をすすめ、朝歌《ちょうか》にはいった。

朝歌という美しい名の邑は、商《しょう》（殷《いん》）の紂《ちゅう》王が建造し、そこでは朝から歌がきこえてきたので、人民が朝歌と呼び、邑の名として定着したいわれがある。また、音楽を不要なものとして生活からしりぞけようとしていた墨子《ぼくし》という戦国初期の思想家は、朝歌という邑名《ゆうめい》をきいて、邑にはいらず、ひきかえしたという逸話がある。

周《しゅう》王朝がひらかれたころより衛《えい》の国の首都であったが、春秋期になって晋《しん》の国に属し、晋が韓《かん》・魏《ぎ》・趙《ちょう》の三国に分裂してからは、魏の一邑となった。

「年があらたまりました」

と、朝日をあびながら鮮乙はこころよさそうにいった。

元旦の光を朝歌という邑で拝すのは、なにかの吉祥のように呂不韋にはおもわれた。おだやかで温かな元日である。呂不韋は爍々《しゃくしゃく》と昇る太陽に手を拍《う》ってから、

「この邑へはいるまえに通ったところが、牧野《ぼくや》だろうか」

と、きいた。上古、商の紂王と周の武《ぶ》王が決戦をおこなった地は、朝歌の南郊の

牧野である、ときかされたことがある。

「仲《ちゅう》さまは、故事に関心をおもちですか」

「昔のことにも、今のことにも、興味はある。牧野の決戦のことを知らなければ、通ってきた野は、ありふれた野で、その地を踏んだことに何の意義も生じない。だから、見聞の豊かさのうしろに知識がないと、見聞を位置づけることも、深めることもできない」

本気でそういった。

鮮乙は呂不韋の心事が上昇と色彩とをそなえはじめたことを感じとり、しかしかるく揶揄《やゆ》して、

「舞子《ぶし》が、よかったですか」

と、さらりといった。

「よかった」

呂不韋は澄んだ空気にふさわしい笑顔をみせた。女は男にちがう思考をあたえてくれるといってみたら、鮮乙は何といいかえすであろう。

「女は、愛すもので、考えるものではありません」

とでも、いうであろうか。

実際、呂不韋は少女の全身を直視し、その全身を自分の全身で抱きとるまで、じつに多くのことを考えた。奇妙ないいかたであるが、その考えのひとつひとつが、艶《つや》とまるみとはずみとをもった。こういう感覚は、とても他人には説明しがたい。要するに、女は男の発想を転換させ、思考を飛躍させる。そのことを呂不韋は新鮮なおどろきで認識したといえる。が、この少年は、女には男を堕落させる力のあることも知っている。むしろそういう目で女をみてきた少年なのである。

「仲さまは、学者になりたいのですか」

「学問をしたい。が、学者になりたいかどうかは、わからない」

「大賈《たいこ》はどうですか」

白圭《はくけい》のような大商人が呂不韋の憧憬《しょうけい》のなかにあるのか。

「利と義とを、どう折り合わせたらよいのだろう」

「はは、おもしろいことをいわれる。利と義との折り合わせに苦慮しているのは、むしろ諸国の執政者たちでしょう。商賈《しょうこ》の道には、原理と信用と契券《けいけん》とがあり、為政の道より譎詐《けっさ》が寡《すく》ないといえます。諸国の王侯をごらんなさい。今日おこなった契盟《けいめい》を、明日には捐棄《えんき》します。義に関していえば、賈人《こじん》より劣るとおもわれませんか」

鮮乙は呂不韋の世知のまずしさをいささかもあなどらずにいった。この少年にはよけいな知恵がついていないだけ、質問になまなましさとするどさがある。いわば、答えを自分のなかに用意していない問いには、真摯《しんし》さをそえて答えるべきである、と鮮乙はおもっている。そんなささいなことで、人は信用を積んでゆくのである。この場合も、呂不韋は鮮乙のことばに同感したように嘆息した。その同感をなんとか自分なりの切実さで鮮乙に訴えようとして、ことばをさがしている。呂不韋のそうしたあいらしいひたむきさが、すでに無言の応答になっている。

——愛すべき童子だな。

鮮乙は心のなかでほほえんだ。むろん鮮乙は、目のまえにいる少年が、後年、おそらく中国史上ではじめて民主主義をかかげて、ときの皇帝とはげしく対立する男になろうとは、まったく考えることができなかった。それればかりではない。呂不韋の波瀾にみちた生涯に同調する鮮乙自身の運命も、空想の外にあった。

「あたたかい」

呂不韋は両手をひろげた。

年頭の太陽にはとくべつな力があるのか。呂不韋の声をきくまでもなく、鮮乙もひごろ感じたことのない熱を、朝の陽光から感じていた。

「仲さま、このまま北へ歩いてゆくと、趙の邯鄲《かんたん》へ着きますが、途中で西へはいって、中牟《ちゅうぼう》のほうへゆきます。わたしに妹がいることはご存じですか」
「え、知らなかった」
「芳《ほう》という名です。親戚の養女になりましたから、もう妹とはいえませんが、それでもこちらにきたときは立ち寄ってみるのです。二十歳をすぎたのに、まだ嫁《か》していない。その家には男子のあとつぎがいませんから、婿を迎えるつもりかもしれません」

中牟はかつて趙の首都であった。

趙の国の基礎を築いたのは、晋の大臣の趙簡子《ちょうかんし》である。趙簡子はまれにみる大《たい》度《ど》の人で、かれの子の趙襄子《ちょうじょうし》が父の遺志を尊奉して趙の版図《はんと》を拡大した。そのころ趙の首都は太行《たいこう》山脈の西、汾水《ふんすい》西岸の晋陽《しんよう》であった。趙襄子のあとをついだ献《けん》侯が、太行山脈の東、淇水《きすい》の北の中牟に首都を遷《うつ》したのである。が、邯鄲、中牟、朝歌などの邑は、趙簡子のころに趙の支配下にあったとおもわれる。趙簡子について『史記』は、

――名は晋の卿《けい》なれども、実は晋の権《けん》を専《もっぱ》らにし、奉邑《ほうゆう》は諸侯に侔《ひと》し。

と、述べているが、その表現に誇張はあるまい。

つぎの代の趙襄子のときに、主家の晋はなきがごとしの衰弱ぶりで、まさにそのあたりから戦国時代がはじまったのである。趙襄子は自分の器量が父にはるかにおよばぬことを知りぬいており、それだけに賢人の登用に心をくだいた。当時、中牟の長官を王登《おうとう》といい、かれの推挙により中章《ちゅうしょう》と胥已《しょい》というふたりの士が中大夫《ちゅうたいふ》(奥家老)に抜擢されたことがある。それを知った中牟の人々は、農耕をやめて、文学を習いはじめた。それらの人々が邑の人口の半分に達したと『韓非子《かんぴし》』に書かれている。中牟にかぎらず趙から著名な学者が輩出したのは、趙襄子の文学を尚《たっと》ぶ気風が、伝統として定着したせいかもしれない。

ちなみに、呂不韋と鮮乙とが中牟にむかっているこの年は、趙の恵文王《けいぶん》の十六年にあたり、恵文王は中牟を首都とした献侯からかぞえて八代目の君主である。

「あれです」

中牟の邑にはいるまえに鮮乙はゆびさした。集落のなかにひときわ大きな屋敷がある。高い牆壁《しょうへき》を繞《めぐ》らせ、高楼さえある。まるで領主の家という尊大なかまえである。

「鮮乙の親戚は、貴族なのか」

「冥氏《めい》というのです。大昔はそうであったかもしれませんが、いまは庶人です」

庶民でこれだけ大きな邸宅をもっているとは、どういうことであろう。身分の高い者が富み栄え、身分の低い者が貧困にあえぐというのが、世のなかのいちおうの図式であるが、目のまえに聳《そび》える建築物をみると、これが何の官爵《かんしゃく》ももたぬ者の家であることにちがいはなく、どうやら世のなかには秘奥のようなものがあり、裏の構造があることに呂不韋は気づいた。

「金の門か」

呂不韋は啞然《あぜん》とした。正確にいうと金とは銅のことであることはまえに述べた。その銅ここでも、呂不韋のみた門には銅製の板が貼られ巨大な鋲《びょう》が打たれている。その銅は青銅ではなく赤銅《せきどう》で、正面に立つと容姿がうつるほどみがかれており、陽光があたると目をあけていられないほど燦々《さんさん》と光った。

黯《くろ》い衣服を着た門衛がいる。

「鮮乙でございます」

と、かるく頭を下げた鮮乙に、門衛はほとんどうなずきをみせず、脇門をひらき、鮮乙のうしろに立つ呂不韋についても、目で問うたようである。鮮乙は何かを答えたらしいが、その声は呂不韋にはきこえなかった。門衛の横柄な態度から、

――鮮乙はこの家ではさほど歓迎されないらしい。

と、呂不韋は感じとった。

広大な敷地である。

鮮乙は建物の正面をさけ、牆壁にそうように歩き、小さな建物にはいった。なかにいるふたりがふりむき、年配の男が、

「あ、鮮氏か。ご主人から、いいつけられていた。夜、臨池《りんち》へゆくように。使いの者がくるはずだが……」

と、いそがしくいった。

「わかりました。部屋は――」

「そうだな。菊の三が空《あ》いている。ところで、その童子は――、まさか、鮮氏の子ではあるまい」

鮮乙は笑いながら手をふった。

「わたしのご主人ですよ」

「ほう……」

若い男が皮肉な笑いを頬に浮かべた。十五、六歳の少年が鮮乙を傭《やと》い使うことはできそうにないが、その冗談のなかに多少の真実がふくまれているとすれば、鮮乙は自分が働いている場がいかに貧弱で、自身が卑屈にならざるをえないかを、自嘲

をこめていったのではないか。若い男はそううけとったのである。一瞬、若い男の目に、誇りの色があらわれた。その色を呂不韋はみのがさず、

――わたしと鮮乙は軽蔑された。

と、おもった。このあたりでは冥氏のもっている富力におよぶ力をもっている家はなく、当然、この家の傭夫《ようふ》たちにもそういう認識がしみこんでいて、あかぬけない尊大が身についてしまうのもむりはない。呂不韋はそこまでわかる少年なのである。この若年の傭僕《ようぼく》は愚者だ、とひそかな反発とともに軽蔑を返してから、小さな虚しさが生じたことに気づいた。むらむらと起《た》った怒色をおびた感情にのせられて、相手の無分別を切り返した場合、感情だけがあって智のない場裡《じょうり》に立つことになる。相手を愚者だとののしることは、およそたれにでもできることで、呂不韋という個性をいささかも表現していない。相手を愚者だときめつけた者が賢者というわけではなく、むしろおなじ愚者にすぎないということは、大いにありうる。呂不韋が感じた虚しさとはそういうことである。

「虎の威《い》を借る狐」

という話をきいたことがある。

――ああ、この男は狐か。

冥氏という虎の近くにいるからこそ、この男は威張っている。だから軽蔑すべきである、ということではない。家の大小や貧富は、すべてにあてはまる。家の最大のものは、諸国の王室である。そのなかでも最大の王室は秦《しん》の王室である。それゆえに、秦王を輔佐している丞相《じょうしょう》は、ほかの国の王でさえはばかる対象となる。秦の丞相を、虎の威を借る狐である、と軽蔑する者がいるであろうか。各国でもっとも尊貴な人は王であることはたしかだが、秦王をのぞくそれらの王は秦の宰相に平身低頭するのではないか。この世における力関係とはそういうものであり、それがまたこの世のおもしろみともいえる。

呂不韋は若い男の表情ひとつでそこまで想念をめぐらせた。

そう考えてこそ、若い軽薄な男より優位に立ったといえる。呂不韋のなかで怒りの感情が引いた。そのあと呂不韋が考えたことは、愚者も知恵を与えてくれる、ということであった。

三

部屋は、従業員宿舎というべき長屋のなかのひとつで、棟の下に銅板でつくられた菊の花が夕陽に照り輝いていた。板戸に黒いまるが三つ画《か》かれている部屋である。

そこに落ち着いてから呂不韋《りょふい》は、

「秦《しん》の宰相は何という人だろう」

と、鮮乙《せんいつ》にきいた。

「いまの宰相ですか……。二、三年まえは、穣《じょう》侯という人でしたが、罷免されたらしいので、たれがその位に就いているのかわかりません」

「穣侯……」

呂不韋はくりかえしつぶやいた。

「穣という邑は、陽翟《ようてき》から西南にむかってゆくとあります。むろん昔は、そのあたりは楚《そ》の領土であったのですが、楚の懐《かい》王が秦を攻めて大敗したあと、韓《かん》の支配となり、さらに秦の領土にかわったのです。楚が秦を攻めようとすれば、かならず穣のあたりを通らなければなりませんから、穣侯はそこに本拠をおいて、楚の反攻を封じているのです」

穣侯の姓名は、魏冄《ぎぜん》という。

いまの秦王を産んだ宣太后《せんたいこう》の異父弟で、秦王朝の真の実力者は魏冄であるといわれている。それゆえ穣侯・魏冄が宰相の位にいようといまいと、王朝を運営しているのはかれであるといってよい。

　鮮乙はそれをつけくわえた。

「では、中華で最高で、最大の力をもつ人とは、その穰侯か」

「まあ、そういうことになります」

　鮮乙はうすい笑いを目もとで揺らせた。

　こういう話は、地上の人が雲の上をのぞくにひとしい。実感をともなわない羨望で終始するだけである。だが呂不韋はなにかを満腔《まんこう》でうけとめたように、深刻さをかくさず、考えこんでしまった。それを横目でみた鮮乙は、急に笑いを斂《おさ》めて、

　——黄金の気か。

と、心中でつぶやいた。天子の気は五彩（青・黄・赤・白・黒）であるといわれる。人が立てるそういう気を、むろん鮮乙はみたことがない。だが、山中で山師《さんし》の彭存《ほうそん》は呂不韋から立つ黄金の気をみたといった。

　——この少年は、やがて大事業をおこなうのか。

　信じたいような信じたくないような想いが鮮乙の胸を去来した。ここまでいっしょに旅をしてきてわかったことは、この少年は聰明である、ということである。また、ものごとを浅狭《せんきょう》にとらえないということである。したがって知識をあたえれば、

どんどん自分のものにしてゆくであろう。さらによいのは、この少年は自制心をもっている。あえていえば、人の目を恐れるということを知っている。ほんとうに知恵をたくわえる人とは、つねに何かを恐れている人である。しかしながらそこまでの性情をそなえている人はすくない。呂不韋が万人の上に躍りでるには、胆力が要《い》る。つまり自分の良質を表現する力をそなえているか、いないか、によって成否のなかばは決する。あとは運である。

鮮乙がそういう目で呂不韋をみること自体奇妙であり、彭存のことばに呪われたというより、自分の計算能力とはべつなところにある情念が撼《うご》きはじめたといってよいであろう。

要するに、才能をつかいつくしたあとに、ある富を手にいれて自己満足のうちに生涯をおえるか、自己のむこうにある自己をさがしあてる、いわば個人の才能ではどうにもならぬ冒険を無形の富と考え、邁進《まいしん》することで一生をつかいはたすか、である。

――どちらが得か。

と、考えれば、結論はあまりにもあきらかである。が、どちらが、おもしろいか、といえば、計算の外にある人生のほうがおもしろい。

――自分らしくないことを考えたものだ。

鮮乙は苦笑した。

日が没《しず》んでから、この部屋に婢妾《ひしょう》がきて、

「どうぞ、臨池《りんち》の室《へや》へ――。そちらの童子も、どうぞ」

と、いい、先に立って案内してくれた。

「食指がうごいておりますよ」

鮮乙は呂不韋にささやいた。どうやら冥氏《めい》は夕食の席にふたりを招待してくれたらしい。このころの庶民の家は土間がほとんどで、土の上に簀《すのこ》などを敷いて暮らすようになっているのだが、冥氏の住居は貴族の宮室のように高床になっており、履《くつ》をぬいであがるのである。

池を臨《のぞ》む室であるから、臨池とよばれている。その室の床はうるし塗りで、呂不韋は鏡の上を歩くような気持ちがした。

「客のなかでも、ここに通されればたいしたものです。最上の客は高楼のある室でもてなされるようです」

着席するとすぐに鮮乙はそんなことをいった。

「何がこのような財をはこんでくるのだろう」

「おもに織物です。絹や麻の織物をおこなっており、広大な桑林をもっているほかに、麻の田をどこかにもっているらしいのです。ここで働いている者は千人ちかいのではないでしょうか」

　絹布《けんぷ》と麻布《まふ》は高価である。

　ふつう織物といえば東方の斉《せい》が最大の生産国であるが、冥氏は河北《かほく》の織物市場に斗入《とにゅう》し、成功したのであろう。

　その成功者である冥氏がほどなくあらわれた。右にひとり、左にふたりの女をしたがえて、席にすわるとにこやかな顔を鮮乙にむけた。鮮乙は席をおりて挨拶をした。呂不韋も席の下で姓名を告げ、家業についてみじかく語り、招待されたことの礼をいった。

「鮮乙が働いている呂家のご子息か。よくぞ弊家《へいか》をおたずねくださった。あのようなむさくるしいところにお泊めしたのは、明日、高貴なかたがおみえになるので、こちらの室をつかうわけにはいかぬのです。ご容赦くだされよ」

　と、冥氏がいったのは、ほんとうかどうか。呂不韋の身なりを見れば、尊重するわけにはいかぬ、というのが真情であろう。こういう人のことを慇懃《いんぎん》無礼というのかもしれない。呂不韋はそうおもったが、さほど気にならなかった。富人《ふじん》が威張るのはあたりまえで、そのあたりまえにいる冥氏に、おもしろみを感じなかっただけである。

うながされて席にのぼった鮮乙は、

「妹はどうしておりますか」

と、恐縮をみせながらきいた。

「芳《ほう》は邯鄲《かんたん》へ往《い》っています。もう、わしの代人がりっぱにつとまる。それに美しいから、貴族のうけがよい。どうかな、鮮乙、芳を佐《たす》けて、うちで働かないかね」

「となりに、呂氏がおられます」

鮮乙は首をすくめた。

「はは、そうでしたな。呂氏はわしに鮮乙をゆずってくれないだろうか」

冥氏は呂不韋にまなざしを移した。呂不韋はわるびれることなく、

「父はなんと申すかわかりませんが、わたしは、店を構えたら、鮮乙を家宰《かさい》にするつもりです」

と、はっきりいった。鮮乙はおどろいたように呂不韋の横顔を視《み》た。

「家宰に、……なるほど、国でいえば相《しょう》、あるいは丞相《じょうしょう》か。鮮乙、それは、ずいぶん年月がかかる」

冥氏は呂不韋の発言を笑い飛ばした。

——笑えばいい。いつか鮮乙にここの十倍以上の富力をもたせてやる。

呂不韋はきりきりと感情をしぼりあげて、その一点に集中させた。挑戦的な気分になったのはこれが最初である。

この室には美しい女が多数いる。はじめに冥氏にしたがって入室してきた三人の女が、妻妾《さいしょう》というわけであろうが、あとで鮮乙にきくと、冥氏の正妻は十数年まえに亡くなり、それ以来、冥氏は正妻をもたないようであるから、呂不韋がみた三人はすべて妾《しょう》ということになる。そのなかでも冥氏の右にすわった女は婉孌《えんれん》といってよい美しさで、その若さがあたりを照らすようであり、なんとなく呂不韋は心を動かされた。鮮乙の推測によると、

「あの美妾は、冥氏の妾というより、趙《ちょう》の貴族の妾ではありますまいか。家におけぬ事情があり、冥氏にあずけ、この家をおとずれるたびに会うことをしている」

という隠微さにいる女であるらしい。

呂不韋はその女と山陽《さんよう》で会った舞子《ぶし》とをくらべてみた。

「あの舞子のほうが美しい」

と、呂不韋がいうと、鮮乙は会心の笑みを浮かべ、男は最初の女が肝心です、と

いった。

三人の美妾のほかに膳をととのえた婢妾たちがいた。それらの女が立ち、すわり、動く室内の光景は娟々《けんけん》としていて、華やかである。呂不韋は腹で飽満《ほうまん》を感じるより、目でそれを感じた。

――富とは、物も人も集める。

その事実は動かしがたい。

「また、考え込みましたね」

部屋にもどって、ねむるまえに鮮乙は呂不韋に声をかけた。呂不韋はあらためて自分には何もないことに気づいた。自分とおなじように徒手空拳で財をなした者がいるはずだが、その人はどのようにして蓄財をおこなったのであろう。

――知識がないことは哀しい。

いらだつようなおもいで呂不韋はそうおもった。

夕食をおえたあと、呂不韋はさきに部屋にもどり、鮮乙は冥氏としばらく話をしていたようである。斉の国が滅亡寸前であることは、斉の織物業界も壊滅状態にあるにちがいなく、翌年には製品が不足するであろうから、冥氏のもとに引き合いが殺到することが予想される。それゆえ、今年から事業の規模を拡大しておくべきか、などということを冥氏は鮮乙から情報をひきだしながら考えたのであろう。そのくらいのことは呂不韋にもわかる。

翌朝、鮮乙はなんとなくうれしそうなので、おそらく冥氏から小さな金をもらったのであろう。

「さあ、中牟《ちゅうぼう》から安陽《あんよう》へゆき、邯鄲をめざしましょう」

鮮乙の声がはつらつとしている。

途中でいちど雪に遭《あ》った。

が、あとから考えてみると、鮮乙が冥氏の家に立ち寄り、間道を通って安陽へむかったということが、呂不韋の運命をおもわぬ方向に枉《ま》げたといえる。

中天に日を仰ぎみた鮮乙が、

「日が落ちるまでには安陽にはいれます」

と、いったところは、左右に杉や柏《ひのき》が立ちならんでいる路であった。

「鮮乙、ほら、まえに人が歩いている」

「そうですね。ちかごろこの路も往来がしげくなったようです。以前は、土地の者しか知らない路であったのです」

ふたりはたやすく先行者に追いついた。

背に負った嚢《ふくろ》が重いのか、その男はよろめきつつ歩き、呂不韋と鮮乙がかたわらを歩きすぎたとき、ばったりと倒れた。

「おっ、病人か」

鮮乙は倒れた男をかかえ、顔をあおむけようとした。その瞬間、鮮乙は手を引いた。呂不韋は息を呑んだ。鮮乙の手が赤く染まっている。

——血か。

呂不韋は胸がふるえた。よくみると倒れた男はすでに死んでいるようである。

和氏《かし》の璧《へき》

一

とっさに鮮乙《せんいつ》はあたりに目をくばり、人影がないのをたしかめると、

「仲《ちゅう》さま、手を――」

と、呂不韋《りょふい》の助力をもとめ、目で林間を指した。屍体をそこまで曳《ひ》きずってゆこうというのであろう。呂不韋にしてみれば、

――このまま逃げ去りたい。

という気がつよい。殺人事件にかかわりたくない。むろん鮮乙もあえて死者のかたわらにとどまるつもりはないのであろうが、旅人や野人《やじん》に発見されやすいところに屍体を放置するほうが、あとで役人のとりしらべがおよびやすいことを考えたにちがいない。要するに、

――あわてて逃げれば怪しまれる。

ということである。ふらふらと歩いていた男が急に斃《たお》れ、息をひきとったそのとき、その近くにいたのが呂不韋と鮮乙なのであるから、冤伏《えんぷく》に遭《あ》いそうなのはこのふたりであり、こういう降って湧いたような災難にうろたえず、冷静に対処しようとする鮮乙の心胆《しんたん》のすわりのよさに、呂不韋は感心した。

林間の幽草のなかに屍体を淪《しず》めたふたりは、ほっと息を吐いた。

「しばらく、ここを動かないほうがいいですよ」

と、鮮乙はささやいた。かれの考えでは、男の傷の深さから、殺傷がおこなわれた場所はここから遠いはずはなく、争った相手が追跡してくるかもしれない。そういう想像をまったくしなかった呂不韋は、不安げにうなずき、枯れ色の草のむこうにある路をながめていた。そのあいだ、鮮乙は男の衣服をあらためた。

「なにも書かれていないな……、ふむ、どうみても悪相だ。盗賊であったかもしれない。嚢《ふくろ》のなかに、何か手がかりはないか」

鮮乙がそうつぶやきながら、嚢の紐に手をかけたとき、呂不韋は鮮乙の肩をつかんだ。路上に人影をみたからである。鮮乙ははっと首をすくめた。遠い声がふたりの耳にとどいた。

「陀方《たほう》、ここに落ちているのは、血ではありませんか」

女の声である。男の衣服で、笠をかぶっているのでみきわめにくいが、肩のあたりの細さが女のかたちを微《かす》かにあらわしている。

「はっ」

と、しゃがんだ男も笠で顔がみえない。中肉中背であるが、動作に風を切るようなするどさがあり、鍛練された肉体をもっているようである。男は立ち、すこし笠をあげて、

「この路にちがいはありませんでしたな。あの者は、不死身でないかぎり、遠くまで歩けるはずがない。手ごたえはあったのですから」

と、剣把《けんぱ》をたたいた。

「このあたりをさがしてみましょう」

女は林間をうかがうように笠をあげた。

皎《しろ》い顔が小さくみえた。

呂不韋は息を殺して頭をさげた。屍体を曳きずった跡を発見されれば、路上のふたりはこちらにやってくる。

「いや、この血痕では、もうすこし先まで歩いたかもしれません。野人の牛車に拾

われて、邯鄲《かんたん》までゆくということもないことはない。とにかく安陽《あんよう》へゆきましょう。あの者が生きていれば、かならず楚《そ》の使者に会って、高く売りつけようとするでしょうから、そのまえにとりおさえるのです。あの者が死んでいれば、楚の使者は任務をはたせず、楚と趙《ちょう》の密約は成り立ちませんから、こちらの役目ははたせたことになります」

「そうですね」

きこえてきた声はそれがさいごで、あとは足音だけがわずかなあいだ呂不韋の耳に残った。

呂不韋と鮮乙は目語《もくご》した。

——この男はなにやら高価な物をもっているらしい。

ということをである。鮮乙は嚢の底に手をいれた。

「これかな」

と、つぶやいた鮮乙の手に、まるい物があった。璧《へき》、である。手の指をいっぱいにひろげた大きさをすこし超す大きさである。鮮乙はその宝石を目より高く挙げたが、

「暗いな、ここは」

と、舌うちをして、草むらからでようとした。

「鮮乙……」

「とにかく、いちどひきかえし、間道をえらび、安陽には立ち寄らずに邯鄲へゆきましょう」

鮮乙は璧を葛籠《つづら》におさめ、手招いた。その手にうながされて、路上にでた呂不韋は、おのずと急ぎ足になった。盗人になったように落ち着かない。さきほどのふたりが求めていたのは、ほんとうに璧なのであろうか。璧はたしかに宝石ではあるが、価に高低があり、庶民でも入手することのできる物はすくなくない。ただし璧は古代の祭祀のときにもちいられたもので、庶民が手にしても利用価値はまったくないといってよく、せいぜい室内の飾りになる程度である。この時代に、人を殺してまで奪おうとするなら、璧ではなく、べつの物ではなかったのか。鮮乙のような目の利《き》く男でも、動顚《どうてん》して、つまらぬ物をつかんだのではないか。

――はやくあんな物を棄ててしまえばよいのに。

と、おもいながら呂不韋は歩いた。

やがて岐路にさしかかった。

「こちらの路は険しいですが、あのふたりに遭う危険はすくないはずです」

少々鮮乙の目つきがおかしい。死人から物を盗んだといううしろめたさがそうさせているというより、何かが憑《つ》いたという表情なのである。あの壁に悪霊がとりついていて、それが鮮乙を狂わせはじめたのであれば、すみやかに捐棄《えんき》したほうがよい。そのことを鮮乙にいいたいのであるが、呂不韋の声がとどかないほど鮮乙の足がはやい。

——足まで狂いはじめた。

呂不韋はみえない紐で曳きずられるように鮮乙のうしろを歩いた。いちどだけ鮮乙は足をとめ、ふりかえって、

「急ぎませんと、山中で泊まることになります」

と、固い声でいい、ふたたび黙々と歩きはじめた。岩の多い路をすぎると、小さな谷があり、そこから急勾配の路をのぼり、灌木《かんぼく》の林をぬけ、さらに喬木《きょうぼく》の林のへりをうねうねとめぐれば丘を越したことになり、ひとつ、断崖をゆっくり降りると、路はゆるやかなくだりになった。落日の色に染められた野がみえた。

「ここまでくれば——」

汗を袖口でぬぐった鮮乙の口調にあたたかさがもどった。呂不韋はそれを感じ、心身にあるわけのわからない険しさが、ほっとくずれた。

「仲さま」

鮮乙はしゃがんで葛籠を地におき、なかから璧をとりだした。

「ああ……」

呂不韋は目がくらんだように感じた。璧の光彩に目が刺された。なんという美しい璧であろう。虚空に光の輪が浮かんでいる。

「どうです、仲さま、これほどの璧は世にまれです」

鮮乙は目を細めて璧をながめている。

「なるほど、この璧なら、人を殺してでも奪いたくなる。それだけに、はやく手ばなしたほうがよい。死霊に鮮乙を攫《さら》われたくない」

ようやく呂不韋はそのことをいえた。その璧が高価であればあるほど、人の愛着や怨念が憑きやすい。げんにこの璧のためにひとりの男が落命している。さらにこの璧を追い求めている一組の男女を呂不韋ばかりか鮮乙も知っているではないか。自分の一生にどれほどの価値があるかわからないが、この璧とひきかえにしたくはない。自分の価値は自分で創るものであり、すでにある物と商校することは、自分の器量をさげることだと呂不韋はおもっている。

「仲さま、たしかにこの璧は血を吸っていて、けっして慶祥《けいしょう》とはいえず、おっしゃるように、ここから丘の麓にめがけて投げ棄てたほうが、身のためかもしれません」

「では、そうしよう」

「そうしたいところですが、その瞬間、楚は、いや中華はたぐいまれな宝を失います」

しみじみと鮮乙はいった。

「楚……、ああ、あのふたりはたしか、楚の使者に男がこれを売りつけるとかいっていた」

「おききになりましたか。仲さま、これには名があるのです。中華で最良の璧であることをあらわす名が――」

「まさか」

呂不韋はそうけだつのを感じた。鮮乙の目に幽《ほの》かに妖しさがよみがえった。

「そのまさかなのです。これこそ、和氏《かし》の璧《へき》、とよばれている楚の国宝なのです」

二

呂不韋《りょふい》と同時代の思想家である韓非《かんぴ》は、

――楚人《そひと》の和氏《かし》、玉璞《ぎょくはく》を楚《そ》山の中に得、奉じてこれを厲《れい》王に献ず。

と、かれの著作である『韓非子《かんぴし》』のなかに書いた。ところが奇妙なことに、楚には厲という諡号《しごう》をもつ王はいないのである。

楚が王と称するのは春秋時代のはじめで、蚡冒《ふんぼう》という君主の弟である熊通《ゆうとう》が、蚡冒が薨《こう》じたあと、即位したばかりの蚡冒の子を弑《しい》して立った。そのいわば弑逆《しいぎゃく》者が武《ぶ》王なのである。楚の王号は、すなわち熊通・武王からはじまったといわれている。

その武王から、呂不韋の生きているこのときの楚王・頃襄《けいじょう》王まで、厲王という号の人は存在しない。ただひとり霊《れい》王という非道の王が春秋時代の中期にいたが、あきらかにちがう。というのは、韓非の記述にはつづきがあり、和氏は掘りだしてみがきをかけていない玉を厲王に献じたところ、王は玉の彫琢人《ちょうたく》に鑑定させた。すると、

「これは石です」

という答えがかえってきたので、激怒した厲王は、わしを詛《あざむ》いた和を罰せよ、と命じ、和氏の左足を刖《き》らせた。厲王が亡くなって武王が位に即《つ》くと、さっそく和氏は璞を献じた。この彫琢がなされていない玉は、またしても、石である、とみなされ、和氏は武王によって右足を刖られた。

武王が逝去し、文《ぶん》王が即位したとき、和氏は楚山の麓にいて、璞を抱いて泣いていた。三日三夜、涙が尽きて、流れ落ちるものは血にかわった。このうわさが文王の耳にとどき、臣下を和氏のもとにつかわして、和氏のなげきのわけを問うた。その下問にたいして和氏は、

「わたしは足を刖られたことを悲しんでいるのではないのです。宝玉を石であるといわれ、貞《ただ》しい者が王を詛いたといわれたことが悲しいのです」

と、答えた。そこで文王は和氏の玉を彫琢させてみると、比類のない宝であることがわかったので、和氏を表彰するつもりで、

「和氏《かし》の璧《へき》」

と、命名したのである。

和氏は庶民ではなく、士とよばれる最下級の貴族であったらしいから、この話は、

みかたによっては文王の徳が群臣にまでおよんだことをあらわしており、べつのみかたをすれば、楚人の王室への信仰がなみなみならず、ほかの国のように大臣たちが王の権威をかげらせてしまう国体が楚にはないことを暗示している。それはさておき、厲王が武王よりまえに君主の席に即いていたことはたしかであることから、厲王というのは武王の兄の蚡冒かもしれないが、『逸周書《いつしゅうしょ》』の謚法《しほう》（謚号のつけかたのきまり）には、罪のない人を殺戮《さつりく》することを厲という、とあるから、もしかすると蚡冒の子が王位に即いたのを祝って和氏が璞を献じたのかもしれない。それなら蚡冒の子が厲王である。かれが暴虐の王であることがわかったので、叔父にあたる武王が弑逆という一挙にでたのであろう。

とにかく、和氏の璧は、楚の国宝である。

――その国宝が、なぜここにあるのだろう。

呂不韋の目にいぶかしさがのぼってきた。しかしもはや、これは和氏の璧ではないのでは、という疑いはない。璧にも気格のようなものがあり、そういう疑いをゆるさない高貴さが呂不韋をとらえてはなさない。

「鮮乙《せんいつ》、それをどうするのか」

呂不韋は鮮乙が璧を葛籠《つづら》におさめるのをみて、われにかえったおもいできいた。

「楚の国宝は、楚にかえすべきでしょう」

答えは明快であった。

「それは、そうだが……」

呂不韋の口もとがあいまいになった。ひとくちに、かえす、といっても、たやすいことではない。鮮乙は邯鄲《かんたん》へ行ってから、楚へ行くつもりであろうか。邯鄲から楚の首都の郢《えい》までは、すくなくとも二千里はあろう。それを考えただけで、呂不韋は気が遠くなりそうになった。

「さあ、急ぎましょう」

と、いわんばかりに、鮮乙は早足で歩きはじめた。

丘の麓に集落があり、そのなかでめだって大きな家の門をたたいた鮮乙は、

「二年前に冥《めい》氏の使いでまいった者です。おぼえておられましょうか」

と、家人に告げて、一夜の宿りを乞うた。

冥氏という名をきいただけで、この家の主人がすぐにでてきたところをみると、いかに冥氏の力がこのあたりで恢大《かいだい》であるか、呂不韋にはわかった。

「どうなさいました」

「今日は、冥氏の使いでうかがったわけではありません。冥氏にお会いして安陽《あんよう》へ

むかう途中で、山賊の影をみかけ、避難のためにこちらの道をえらんだしだいです」

「山賊――」

主人の表情がけわしくなり、家人にあごをしゃくってみせた。集落のなかの各戸にこのことを報《しら》せ、用心するようにいいなさい、ということであろう。それから主人は鮮乙と呂不韋を家のなかにいれた。ぞんがい鄭重《ていちょう》な物腰である。家族の夕食の席に招いてくれた。大家族である。父母、兄弟、子や孫までがそろっての食事である。

「この家は多くの鳥を飼っており、鳥の羽を冥氏におさめているのです」

と、鮮乙からおしえられている。

鳥の羽は、冠をつくる材料になり、装身にももちいられ、舞のときにもつかわれる。そのほか、呂不韋には想像のおよばないつかわれかたをするのであろう。冥氏へは鳥の羽をおさめるが、ほかの家へは羽ではないものをおさめているかもしれず、とにかくこの家は、家族だけで鳥を飼育し、豊かさを得ているようである。氏をきけば、

「雀《じゃく》」

であるという。いかにも鳥とはゆかりが深そうなので、おもわず呂不韋は破顔した。鮮乙も目で笑い、

「しかし雀氏は、殷《いん》の王族の子孫のようです」

と、まじめな口ぶりでいった。

殷王朝の首都は安陽であった。その王朝が周《しゅう》によって滅ぼされたとき、王族は四散したとおもわれるが、雀氏は地に匿《かく》れたのか、周に降伏したのか、生きのびて、やがて廃墟と化した王都でも、往時をしのぶよすがとなるのか、安陽から遠くないところに居をかまえたのであろう。

故事には大いに関心のある呂不韋は、夕食後の団欒《だんらん》のときに、おもいきって当主にむかい、

「殷王について、おきかせくださいませんか」

といってみた。

すると雀氏はかすかに口もとをこわばらせた。それをみた鮮乙はひそかに呂不韋の袖を引いた。

「童子の氏は、呂、であるときいた。そうですな」

おもむろに雀氏は口をひらいた。

「そうです」

「であれば、童子のご先祖は、呂望《りょぼう》・太公《たいこう》に属《つ》いて、商《しょう》軍と戦い、商を滅亡させた。いわば、わが家の仇敵《きゅうてき》です」

　そういうときの雀氏からはさきほどまでのおだやかさが消えている。商のことを殷といったのは周人《しゅうひと》で、商人《しょうひと》は自身のことを殷人《いんひと》とはいわない。そこが雀氏の自尊心のあらわれであろう。

「わたしの先祖は、太公望に順《したが》ったか、さからったか、それは知りません。しかし太古における仇視《きゅうし》がいまに生きているのでしたら、夏《か》の王族の裔《すえ》である冥氏は、夏を滅ぼした商王室のご子孫である貴家をやはり仇家とみなさなければなりません。冥氏はそうなさっていますか。また、わたしの父も呂氏でありながら、商人とよばれるのは、どうしてでしょうか」

　呂不韋が臆《おく》する色をみせず論じたので、鮮乙は大きく目をひらいて呂不韋をみた。その目を、鮮乙が雀氏に転じると、雀氏は慍《むっ》とことばにつまった困惑をあらわしていた。つぎに雀氏は表情を一変させた。ことばよりさきに笑声がかれの口から発せられた。

「いやあ、呂氏も商人とは……、はは、気にいりました。あなたは、まだ成人まえなのに、理ということがわかり、しかもその理にきゅうきゅうとしない恵施の質がある。商估《しょうこ》の途《みち》を歩めば大商人となり、官武の途を歩めば一国一軍をあずかる人となる。いまここで、わが家はあなたと誼《よしみ》を結びたいが、どうだろう」

　雀氏のこの発言におどろいたのは、呂不韋と鮮乙ばかりでなく、この場にいるすべての人があきれたような表情をした。相手は、十五、六の少年であるというのに、雀氏はなにを血迷って、一家をあげて交誼《こうぎ》を求めようとするのであろう。

「わたしに異存はありません。喜んでお受けします」

　そういう呂不韋は、鮮乙の目に大きくみえた。

「それは大慶──。よいか、みなにいう。たったいまから呂氏とのつきあいがはじまった。粗略のことがないようおもてなしをするのだ」

　雀氏のこのいいつけによって、呂不韋と鮮乙はじつにいごこちのよい一夜をすごすことになった。

「仰天しましたよ」

　鮮乙はなんどもそれをくりかえした。鮮乙のみるところ、雀氏は人あたりはやわらかいが、内心にむずかしさをもっており、冥氏によって利をかせがせてもらっているこの自体、不本意である、と考えている。

「殷人とは、そういうものです」

と、鮮乙は苦笑をまじえていった。周王朝下で生きなければならなくなった殷人は、ひとくちでいえば、

「頑民《がんみん》」

である。かたくなであり、周王朝の命令をこばみつづけようとする。殷王朝が滅んですでに七百年以上がたつというのに、殷人の子孫は、どこかで現世をこばみ、自分たちの伝統のなかだけで生きようとする。それゆえ、今夜の雀氏が、まったくの他人である呂不韋にむかって、さっと懐襟《かいきん》をひらいたのは、おどろくべきことである。

「わたしが周王朝を滅ぼすのかもしれない」

呂不韋はたわむれをふくんでいった。殷人の末裔《まつえい》に気にいられたということは、われわれにかわって周王室に復讎《ふくしゅう》してくれるのはあなただ、と暗にいわれたことになるのではないか。

「崇《たた》られます」

鮮乙は表情をかえた。

「そうかな。夏王朝を滅ぼした湯《とう》王や、商王を殺した周の武《ぶ》王は、崇られたという

のがあるのか」

「あります」

きっぱりと鮮乙はいった。商王朝がひらかれてまもなく、一滴の雨も降らない大《たい》旱《かん》に襲われ、湯王は雨を乞うため、みずから薪《たきぎ》のうえに乗り、犠牲となって焼け死のうとした。周の武王の場合は、王位に即いて、さほどの年数を経ぬうちに病死してしまった。革命者は、倒された者たちの怨みを一身に負うことになる。それがわかっているから、いまの周王室は、朽ち木同然であるのに、どの国の王もそれを伐《き》り倒そうとはしない。いや、一度だけ、秦《しん》の武《ぶ》王が周王にかわって天下の主になるべく、周に乗り込んだが、不慮の事故で亡くなってしまった。

「それゆえ、周王室には手をださぬほうがよろしいのです」

夢にもそんなことを考えてはなりません、という鮮乙の目つきである。

「わかった」

あっさり呂不韋はいったが、この世でたったひとりの人が天子とよばれ、諸侯のうえにいる事実を、どう理解してよいのか。考えれば考えるほどわからなくなった。

三

門前に雀《じゃく》氏の家族がずらりとならんで見送ってくれた。

「これが末女です」

と、雀氏が、十歳にならぬ少女の手を曳《ひ》き、わざわざ呂不韋《りょふい》にみせたのは、濃厚な意味があり、昨夜の言にこめられた真情を、それとなく披瀝《ひれき》したということであろう。それとはべつに、雀氏は好意をあからさまにし、自分の子のひとりを、

「道中の用心のために——」

と、いい、伯陽《はくよう》の邑まで同行させた。

その人は、雀慎《じゃくしん》といい、年齢は鮮乙《せんいつ》とおなじくらいで、戈《か》のようなものを背負い、ふたりの客人が安陽《あんよう》には立ち寄らないときいて、

「では、伯陽までお伴《とも》をいたしましょう」

と、間道を苦もなくえらんで、ふたりをみちびくように歩いた。誠切《せいせつ》のある人物のようであった。

「いかにも殷人《いんひと》です」

伯陽の邑の門前で雀慎とわかれたあと、鮮乙は微笑を浮かべながらいった。殷人は他人になかなかうちとけないが、いったん信をかよわせると、死ぬまでというより子々孫々まで、信憑《しんぴょう》をひるがえさない。

「いったいわたしのどこが、信頼にあたいする、と雀氏はみたのだろう」

呂不韋はふしぎでたまらない。

「殷人は占い好きですから、仲《ちゅう》さまが雀氏の家をおとずれるまえに、予兆があったのかもしれません。仲さまに会ってから、雀氏が家族とともに占ったことはまちがいない。あの雀慎という男の態度をごらんになったでしょう。仲さまをたいそう敬重していました」

「すると、わたしは雀氏の家を栄えさせることになる」

呂不韋の両頰が笑いでふくらんだ。自分の年齢、わが家における自分の立場、などを考えてみると、吹けば飛ぶようなたよりなさで、とても他家の信頼にこたえられる力はそなえていない。それにもかかわらず、他人の手によって描きだされた自分の未来図は、明るく華やかである。自分が栄えなければ、どうして雀氏を栄えさせることができようか。

「そういうことです」

めずらしく鮮乙はためらいもみせず明るくいい放った。

鮮乙にとってもこの旅はおどろきの連続である。山師《さんし》の彭存《ほうそん》が呂不韋をひそかに指して、黄金の気があるといい、冥氏《めいし》にむかって呂不韋はやがて鮮乙を自分の家宰《かさい》にすると明言し、途中で楚《そ》の国宝である和氏《かし》の璧《へき》を手にし、雀氏は呂不韋に親交しようとした。それらをまとめて考えてみると、呂不韋にはやはり、

――なみはずれた気がある。

としか、いいようがない。そういう気をもった人物に、人も物も寄り集まってくるのである。つねに呂不韋のかたわらにいる鮮乙は、そのことを実感しはじめてはいるが、

「ただし――」

と、楽観をひきしめた。恢々《かいかい》たる気をそなえている者は、幸運をひき寄せると同時に苦難もひき寄せてしまう。過去の英雄傑人はみなそうである。かれらは苦難にうち勝った者であるにはちがいないが、べつのみかたをすれば、幸運などというものはわずかなもので、めぐりあうのは苦難ばかりであり、ところがかれらはそれらの苦難をことごとく幸運につくりかえる能力があった。もっといえば、小人《しょうじん》は、苦難に直面すれば尻ごみし、苦難に遭《あ》わないような道をえらぶ。それにひきかえ、

大事業を成功させた者は、むしろ苦難をひき寄せ、苦難に直面した者しか抽《ひ》きだせない知恵をあらわし、苦難につぶされない胆気を鍛える。そのことを積みかさねていった者とそうでない者との差は、歴然たるものである。

——和氏の璧をおもえばよい。

人の資質は璞《はく》のようなものである。彫琢《ちょうたく》をほどこして、はじめて宝になる。人は苦難によってみがきをかけなければ、光を発するようにならない。

——そのことを仲さまはおわかりになるだろうか。

まだ十六歳の呂不韋は璞なのである。国の至宝になるには、君主が二人ほどかわる年月が必要なのかもしれない。鮮乙はそんなことを考えつつ、呂不韋をふりかえった。

伯陽の北には、黄河の支流である漳水《しょうすい》が流れていて、そのむこうに趙《ちょう》が築いた長城がある。ふたりは漳水にそって東行し、舟に乗って漳水を渡り、長城の門をくぐって北にむかって歩いた。鮮乙は深呼吸をした。

「ようやくきましたねえ」

風は春の温かさをふくんでいる。旅人にとってはよい気候である。心も身も浮き立つようである。遠くに梅林がみえた。花はまもなくおわろうとするようであったが、一隅に満開の花がむらがって咲いていた。土はまだ暗く、その暗さのうえに浮かび噪《さわ》いでいるような花のむれは、この地をすぎ去ってゆく旅人のあわただしい胸裡《きょうり》に、明るいうるおいを投げかけるものであった。

目をあげると、梅林のうえに、春のゆらぎを保ったような水色の空があった。

ふたたび歩きはじめた呂不韋の目のなかで、その空も動いた。

呂不韋は旅情に染まった顔をしている。

「邯鄲《かんたん》にはいりましたら、まず郭翏《かくりょう》の家にゆき、石をしらべてもらいます。それが五、六日かかりますから、妹の家へゆき、逗留することになるでしょう」

鮮乙に声をかけられた呂不韋は、旅情を破られたような、醒《さ》めた目をした。が、口もとにはもの憂《う》い感じが残っていて、口をひらけばすべてが醒めてしまうことを恐れたのか、浅くうなずいただけであった。

二日後にふたりは邯鄲にはいった。

邯鄲という邑は、西南に城、東北に郭《かく》をもっており、むろん人民が居住するのは郭内であり、その郭は東と南と西の一部が川に面している。城は郭とはすこしはなれ、城のなかは東城、西城、北城というように品という字形に似た配列で三城がある。が、それらすべてが戦国末期に建てられていたかどうかはわからない。

邯鄲は鉄工業の邑でもある。

「邯鄲の郭縦《かくしょう》は鉄をもって大成功し、その富は王者と埒《ひと》しかった」

と、のちに司馬遷《しばせん》は『史記』の「貨殖《かしょく》列伝」のなかに書いた。鮮乙がたずねる郭翏は、郭縦の一族の人である。呂氏があつかう鉄製品は郭翏の工場でつくられたもので、それらは舟に乗せられ、黄河をさかのぼって韓《かん》の国までくる。国内でも舟をつかえるところはつかい、陸送はわずかである。

郭翏は家にはおらず、ふたりがしびれをきらすころに、ようやくもどってきた。身長は呂不韋とひとしいが、体軀《たいく》に厚みがあり、しかも全身から活気が発散されている。それだけに巨《おお》きくみえた。

「やあ、鮮乙、石を抱いて韓からきたか」

声も大きい。

「山師が自信をもって薦《すす》めた石だ。黄金がたっぷりはいっているとおもうが、とにかく正確な含有量をしらべてもらいたい」

鮮乙は親しげな口をきいた。土間の多い家であるが、鮮乙と呂不韋がすわっているところには、ゆかがはられている。敷物に音をたてて腰を落とした郭翏は、

「呂氏は、鉱山に手をだすのか。やめたほうがよい」

と、いってから、呂不韋を一瞥《いちべつ》した。すかさず呂不韋は、郭翏にたいしても、物怖《お》じしなかった。

「その呂氏の次子で、不韋といいます」

と、いった。冥氏、雀氏と対語してきた呂不韋は、郭翏にたいしても、物怖《お》じしなかった。

「や、これは失礼した。わが家の上客をみそこなっていた」

郭翏は敷物をはずし膝をそろえて頭をさげた。呂不韋は微笑した。

――気分のよさそうな男だ。

と、直感がひらめいたからである。

「父はものがたい人ですから、黄金の採掘などは企画せぬとおもいます。なにかべつの考えがあるのでしょう」

「それならよいが……、黄金の採取は国家の事業にあたる。個人が手をだすと、家財をうしないかねぬ」

郭翏は率直な感想をいった。黄金は巨岩のなかにわずかにふくまれているにすぎず、そこに投入する人数はかなりのもので、国がそれをおこなえば、罪人や奴隷でまかなえるが、個人では傭賃《ようちん》を払わねばならない。それゆえ、よほどしっかりした黄金の鉱脈をつかまぬかぎり、かならず大損害をこうむる。鮮乙がもってきた石の大きさでは、じつはなにもわからぬといってよく、たとえ黄金の含有量が多くても、鉱脈がとぎれていれば、この石のあたりだけで黄金は尽き、先に掘りすすんでいってても何もでないことになる。それほど黄金の鉱脈の良質なものを発見するのはむずかしい。そういうことを郭翏はこまかく呂不韋に説いた。

呂氏の商売は順調のようであるのに、よりによってそのような危険な事業に関心をもたれぬがよい、と郭翏が念をおすようにいったのは、この男の親切心というものであろう。郭翏の家をでてから、呂不韋は鮮乙に、

「郭氏は信用することができる。石のしらべも正確におこなうだろう」

と、語りかけた。

「工人にはたいそう慕われているようです。ときには俠気《きょうき》や粗野な面をみせますが、それは人心の収攬《しゅうらん》術といってよく、心底にはこまやかな情をたくわえている男です」

「よく、わかる」

鮮乙の観察は正鵠《せいこく》を射ているとおもわれた。自分の近くに、こういう目をもっている男がいる、ということのほうが呂不韋にはうれしかった。

鮮乙はかるがると葛籠《つづら》を背負っている。が、そのなかには、黄金の鉱脈より価値

の高い和氏の壁がはいっているのである。その壁が呂不韋をまもなくおもいがけない人物に遭わせるのである。

邯《かん》鄲《たん》

一

「あれが妹の店らしい」

鮮乙《せんいつ》がゆびさした家は新築のかがやきをもっていた。冥《めい》氏は邯鄲《かんたん》に出店し、その運営を養女の鮮芳《せんほう》にまかせたようである。むろん鮮芳は鮮乙より歳がすくないのであるから、鮮乙が三十一歳になったとしても、鮮芳はまだ二十代であろう。その若さで店員を手足のごとく動かせ、老練な商人どもと征利《せいり》を争うというのは、商才を考えただけではかたづくことではあるまい。そんなことをおもいながら、鮮乙が店員とことばをかわしているあいだ、店内をながめている呂不韋《りょふい》は、人のおもしろさがわかりかけてきたといってよいであろう。

「さほど、遠くはございません」

店員が鮮乙をいざなった。店からでてどこかへゆくようである。歩きながら店員はふりかえり、うしろの少年の素姓を鮮乙にきいたようである。店員はうなずきをくりかえし、すこし足をはやめた。

牆壁《しょうへき》を繞《めぐ》らせ、漆《うるし》塗りの門をもった邸《いえ》がみえた。瀟洒《しょうしゃ》な感じがするのは商人の家であるからであろう。店員は裏へまわり、門をたたいた。門番が顔をみせた。店員が耳うちをすると、門番は鮮乙にむかって会釈し、

「どうぞ、なかへ」

と、いい、邸内の女に、

「韓《かん》の陽翟《ようてき》からご主人の兄さまがおみえになった」

と、告げた。女がちらりと困惑の色をあらわしたのは、主人の鮮芳がいないからであろう。どういう応待をしたらよいか、主人の指示を仰げないので、独断をせまられたわずらわしさが眉目にでた。

「どうぞ、こちらに――」

と、いう声に温かさがない。そういう女を身近に置いている鮮芳は、幼いうちに兄のもとから冥氏のもとに身を移されたことで、兄への情が涼《うす》いのではないか、と考えた呂不韋は、家族の涼気にさらされているだけに、鮮乙への同情は篤《あつ》かった。

小さな部屋に案内されたが、この部屋も新築の快適さをそなえていた。

「芳さまは夕方にはおもどりになりましょう」

と、女はいいおいて、しりぞいた。

鮮乙は耳を澄まし女の足音が遠ざかったことをたしかめ、立って窓から庭をながめてから、葛籠《つづら》をひらき、璧《へき》をとりだすと、

「さて、どうします」

と、呂不韋にいった。

「楚《そ》にかえすのではなかったのか」

「むろん、かえします。が、かえしかたがむずかしい」

「あの男女は、楚の使者が趙《ちょう》へむかっているといったようだが……」

「そうです。しかし――」

鮮乙は膝をすすめた。声をいっそう低くした。

「使者といっても、密使です。衆目がそれとわかるような幟《しるし》を立てているわけではありますまい」

「なるほど」

楚王のもとから発せられた正式な使者であれば、随従の者は多く、まして国宝の

壁を奉戴《ほうたい》しているのであるから、警備におこたりがあるはずはない。壁が盗人らしき者の手に落ちたということは、楚の使者は少人数で行動しているにちがいなく、その行動も密《ひそ》かなものなのであろう。わからないのは、あの男女である。

「この壁は、楚と趙の国の運命を変えるほどのものだろう。なにゆえ楚は趙とむすぼうとし、たれがそれをさまたげようとしているのか、鮮乙にはわかるのか」

「しかとはわかりません。が、国々のむすびつきには、大きくわけて、二通りしかありません」

「一つは――」

「中国を横にむすんでゆくものです」

「横にというと……」

「秦《しん》・韓・魏《ぎ》・斉《せい》です。むろん、斉を攻めたければ、このたびのように、秦・韓・魏・趙・燕《えん》というように連結する。それを連横《れんこう》（連衡）というのです」

「すると、ほかの一つは、縦《たて》か」

「ご明察です。国々を縦に合わせて、秦に対抗する。それを合従《がっしょう》（合縦）といいますが、連横のときの盟主はほとんど秦王でありながら、合従のときは秦が最大の敵国となる。つまりいまの世は、秦を措《お》いては考えられないということです」

「それほど秦は強い」

強い秦に従えば連横となり、強い秦をくじこうとすれば合従になるということであろう。そうであるなら、南の楚が国宝を献じて北の趙とむすぼうとするのは、あきらかに合従であり、合従をするということは、秦に敵対するということであろうから、楚はそのための下準備にはいったとみてよいのではないか。

「そうではないのか」

呂不韋の推理は鮮乙をよろこばせた。ものごとを理解するということは、細部から大要をつかみ、大要から細部をつかむ、ということを同時におこなわねばならない。それを可能にするのは頭脳のなかの眼力であるが、その眼力をやしなうのは知識だけではない。知識はむしろ補助といってよく、知識によりかかればかえって目がくもる。知識にとらわれれば眼力が零《お》ちる。あえていえば知識は、感性と悟性につもってくる垢《あか》であろう。それゆえ鮮乙は呂不韋に知識をあたえすぎるのはよくないとおもっている。好奇心と尚学の気が強い呂不韋にむかっては、とくにそうである。木を育てるようなものである。大木にするためには、幹の生長に目をうばわれがちであるが、地中の根を大きく張らせることを忘れてはならない。花を咲かせることをいそぐと、花のあとの結実をおろそかにしてしまう。要するに、大木でなければ豊かな実をつけないということである。

人の頭脳のなかの眼力は、木の幹にあたるであろうが、幹をささえるものは知識という葉ではない。根である。根は地上の者ではどうすることもできない伸びかたをする。その根は天から落ちてくる水を吸い、人からあたえられる水も吸って太ってゆく。天稟《てんぴん》であり資質というものであろう。水をあたえる立場の鮮乙は、その良さを呂不韋にみたのである。

天下の勢力を帰趨《きすう》させる原理は、連横と合従のふたつしかないが、それも幹のようなもので、根は、秦の強さを恐れる、というひとつしかない。

呂不韋と話をしていると、おもいがけなくあざやかになってくる像がある。

国際情勢という本来目にみえないものでも、この場合、奇妙なほどによくみえた。

いま斉は滅亡同然であることは、冥氏からおしえられた。斉という東方の大国をたたきつぶしたことで、秦はわずらいのもとを消したのである。その連横の策に参加したのは、燕、趙、魏、韓、楚、秦、ということだが、

「楚は怪しい」

と、冥氏はいっていた。楚という南方の大国だけは、参加しなかったか、あるいは参加しても活発に兵を動かさなかったのではないか。冥氏はさほど多くない情報

からそういう推量をひきだしていた。いま鮮乙は急にそのことを憶《おも》いだしたのである。

このまま連横がかたまると、つぎに狙われるのは楚である、と当然楚王は考えたであろう。斉のような栄えに栄えた国が、一朝にして潰乱《かいらん》してしまった事実を知って、やがて楚もそうなるとおびえた楚王が、いまのうちに連横をくずしたい、と画策しはじめたのであろう。その手はじめが趙との密約である、というところに外交の機微がある。どういうことかというと、連横をくずすために秦以外の国と同盟をむすびたいのであれば、趙でなくてもよい。楚王が趙をえらんだのには、わけがあろう。むろん鮮乙のように官廷の外にいる者に、そのわけはまったくわからない。

ただひとつ、わかることは、

——趙は秦からはなれたがっている。

ということである。

ところが秦は趙をはなしたがらない。それゆえ、楚が奇妙な動きにでたことをいちはやく知った秦の大臣のたれかが、配下か食客をつかって、

「楚の陰謀をつぶせ」

という密命を実行させようとしているにちがいない。そこまでは推測がとどくに

せよ、楚の微《ひそ》かな策謀をかぎつける秦の情報収集能力のすさまじさには、鳥肌が立つ。

「あの男女は、秦の手先でしょう。ただし、秦の手先はあのふたりだけではないでしょう。もしかすると、楚の使者の近くにもいるかもしれません」

楚の使者はみわけにくいうえに、使者の随行者のなかに秦に通じている者がいるとすれば、とうてい和氏《かし》の璧《へき》を正当な持ち主にかえせない。鮮乙はそれをいうのである。

「楚へゆこうか」

こともなげに呂不韋はいった。この旅をおわらせたくない。旅をすることにつきまとう苦痛よりも楽しみがうわまわっているのが、当下《とうか》の呂不韋の心地《しんち》であった。

鮮乙は苦笑した。

「これを楚王にさしだせば、手足を剪《き》られるだけではすまず、首を刎《は》ねられます」

盗人め、と楚王に一喝され、その場で誅《ころ》されるであろう。

「盗人か、善意の者か、みわけられないほど楚王は目が昏《くら》いのだろうか」

「仲《ちゅう》さま、この璧を掘りだした和氏がどうであったか、ご存じでしょう」

鮮乙はおもむろに璧を葛籠におさめた。

二

鮮乙《せんいつ》の妹の鮮芳《せんほう》は、呂不韋《りょふい》がいままでみてきた女のなかで、もっとも美しかった。心のなかで抱いてきた、あの舞子《ぶし》も、鮮芳に会ってからは色褪せて感じられた。が、呂不韋という少年は、そのことでさみしく青ざめた舞子の像を心のなかから掃きだすようなことをしなかった。

——玉《ぎょく》とおなじだ。

というのが、女ばかりでなく、人というものにたいする呂不韋の認識であった。人ははじめから玉ではない。璞《あらたま》なのである。その璞を彫《ほ》り、磨《みが》いて玉をつくる。鮮芳は玉であるが、舞子は璞なのであろう。そういう認識の目を自分にむけると、呂不韋自身も璞ということになる。あとで鮮乙にそのことをいうと、

「切磋琢磨《せっさたくま》ということばがあります」

と、即座にいわれた。儒学者がよくつかうことばで、人格をみがくことをいう。正確には、切るが如《ごと》く、磋《す》るが如く、琢《う》つが如く、磨くが如し、という。

とたんに呂不韋は哀しげに顔をゆがめた。

自分なりに遅々《ちち》と蘊《つ》んできた見聞のうえにようやく乗せた認識なのである。その重さが一言によって吹き飛ばされたような哀しさをおぼえた。学問をしない者の哀しさといってよい。

が、呂不韋はよい対話者をもったというべきである。鮮乙は目のまえの少年の機微を汲みとることのできる感覚の繊細さとやさしさとをそなえていた。

「仲《ちゅう》さま、人が何かを得るには、二通りあります。与えられるか、自分で取るかです。いま切磋琢磨といいましたが、このことばを仲さまはたちまち理解なさった。すなわち、自分で取ったのです。与えられることになれた者は、その物の価値がわからず、真の保有を知りませんから、けっきょく豊かさに達しないのです」

鮮乙の顔つき、ことばつきが、この男の真摯《しんし》をあらわしている。鮮乙という男は店にいるときは、どちらかといえば寡黙で、他人《ひと》の話には興味のない顔をしている。店員たちはそういう鮮乙をゆびさして、

「情の薄い男だ」

とか、

「計算のはやい男だから、口をうごかすと損だ、と計算しているのだろう」

とか、さらに濃い悪感情を鮮乙にたいしてもっている者は、

「ご主人にとりいることしか考えていないやつだ」

と、ひそかに訾毀《しき》をばらまいた。その片言隻語《へんげんせきご》を耳にした呂不韋は、

――鮮乙とはそういう人だ。

と、ほとんど顔をみたこともない男を漠然とした悪意のなかにすえていたときがある。が、実像はかけはなれていた。鮮乙と旅をつづけてきた呂不韋にはよくわかる。この男のことばは借り物ではない、ということである。自問し自答してきたということであり、寡黙は人のなかにあることばの貧弱さをあらわしているわけではなく、むしろ逆で、語るに足る相手をみつければ、蘊崇《うんしゅう》されたものはその口からあふれでる。

――鮮乙も自分で取ろうとしている男だ。

志《こころざし》をもっているとはそういうことである。同時に、鮮乙がすごしてきた月日の瞑《くら》さは呂不韋の生い立ちにかようものがある、ということでもあろう。

人が住む邑や里からはなれて野に独居する者はかえって孤独というものを感じないであろう。人のなかにいればこそ、孤独は深まる。しかしながら、その孤独をなぐさめてくれるのも、人なのである。呂不韋は鮮乙がかたわらにいる幸福を感じた。ここまで自分の心に踏みこんできてくれた鮮乙には、何でもいうことができる。

「鮮乙、将来のことをきいておきたい」

鮮乙の覚悟を、といったほうがよい。呂不韋は冥《めい》氏のまえで高言したように、自分が店をもったら、鮮乙を家宰《かさい》にすえるつもりである。が、次男がたやすく店をもてるはずはなく、そのときは父や兄と争って家をでるかもしれない。そうなった場合、鮮乙が自分についてきてくれるか、どうか、をたしかめておきたいのである。ほかの不安もある。鮮芳は呂不韋と鮮乙をもてなしてくれたが、

「兄さん、あとでちょっとお話が――」

と、いったのは、冥氏の邯鄲《かんたん》店を運営するにおいて、鮮乙の知恵を借りたいということであろうし、もしかすると、鮮芳の身内は鮮乙しかいないのでこのもっとも信用することのできる兄を邯鄲に招き、店の運営に参加させたいと考えたのではないか。その気配は濃厚で、部屋にもどってきた鮮乙が、

「妹はだいぶん苦労したらしい。人の情義というものがわかってきた」

と、つぶやいたことから、呂不韋は異臭をかぎつけた。異臭というのは、鮮芳がこれまで兄に接してきた態度をかえたということであり、あえていえば、冷淡さが消え優しさがでた、ということであろう。鮮芳にしてみれば、幼いうちに兄の手もとをはなれ、冥氏の手にあずけられたということが、

――兄に捨てられた。

という心の傷になり、兄を怨んで育ってきたと考えられる。が、呂不韋自身もそうであるが、若いということは、自分の不遇や不運を嘆くばかりで、人をおもいやることができない。鮮芳は三十歳近くになってようやく、兄が自分を手放さざるをえなかった事情とそれにともなっていた悲しみに想到したのであろう。鮮乙のような慧《けい》敏な男には、妹の心事の変移を洞察するまでもなくわかったであろうし、ここにきて兄妹の親愛の情がかよいあったとなれば、助力をもとめる妹に応《こた》えてやりたいとおもったのは当然ではないか。冥氏から、うちで働かないか、とさそわれても、さほど心を動かさなかった鮮乙ではあるが、妹のたのみとなればそうはいかない。

それも呂不韋の感じた異臭である。

将来、といわれた鮮乙は、複雑な表情をした。呂不韋の目に真摯がみなぎっているのを一瞥《いちべつ》した鮮乙は、

「人は恩義を忘れたら立ってゆけません」

と、あらたまった口調でいった。自分は呂氏、つまり呂不韋の父に拾われた。その一事があったからこそ、いまがある。妹を冥氏にあずける介添えをそれとなくおこなってくれたのも呂氏である、と鮮乙はいう。それゆえ呂氏のために働くのは当

当然であり、もしも呂氏のもとから去るのであったら、呂氏に大きな利益をもたらせてからにしたい。その義理を立てなければ、商人として信用されない。

「鮮乙は堅い」

呂不韋は感心したように嘆息した。

「そうでしょうか。商人は信用が第一です。わたしが妹を助けてここで働くことは、冥氏にやとわれることとです。冥氏は辛辣《しんらつ》なところのある人ですから、呂氏の恩義を忘れ目先の利につられてきたような男を信用するはずがないのです。わたしの真情をかくさずにいえば、妹の助けになってやりたいが、冥氏には仕えたくない」

呂不韋は感動をひきずりながら、

「しかし、人のよい商人などひとりもいない。父も辛辣な人だとおもう」

と、父の冷淡さをおもいかえして、辛《から》いことをいった。

「仲さま、情の底にあるものが呂氏と冥氏とは雲泥の差があります。商人にかぎらず、すぐれた主というのは、身内に厳しく、他人に優しいものです。冥氏はその逆でしょう」

「そうかな。兄や弟には父は優しい。わたしだけが愛されていない」

吐きだすものを吐いたという呂不韋の表情である。それをみた鮮乙は、いちどため息をつき、それから微妙な笑いを目もとにさしのぼらせた。呂不韋は眉をひそめた。

「何を笑う」

「笑いましたか」

そういう鮮乙の口もとにも笑いがひろがった。

「彭存《ほうそん》という山師《さんし》が黄金の気をみつけるむずかしさを説いたでしょう。憶《おぼ》えておられますか」

「絶妙な位置に立たねばならないということか」

「そうです。人の真価をみるときも、そうなのですよ」

「そのことと、父と、どういうかかわりがあるのか」

呂不韋はわずかにいらだった。

「呂氏の近くに立つと、仲さまがほとんど視界にはいらない。そういうところに仲さまがいることはたしかで、仲さまをあなどるしかない。逆に、呂氏から遠いところに立つと、呂氏と仲さまとのへだたりがあきらかで、仲さまをあわれむしかない」

「鮮乙は、どこにいた」

ずです」

「はは、彭存は何といいましたか。つねに歩いていなければならぬ。そういったは

「うむ……」

呂不韋は鮮乙の怜悧《れいり》さにあらためておどろきつつある。黄金を洞察する方法と、人の真価を洞察する方法と共通するものがあると教えてくれたこともさることながら、人の生きかたには原則があり、その原則というのは、国の法とか家の法とか、そうした押しつけられるものではなく、礼儀のように目にみえるものでもなく、人の深奥というか、あえていえば、人と物とのあいだの微妙なところに、その原則はあり、そこに鮮乙は心眼をおいているから、人と物とを的確に観《み》ることができるのではないか。じつはそこまで考えた呂不韋の思念の豊かさは、おなじ十六歳の少年たちの思考をはるかに陵駕《りょうが》していた。むろん呂不韋は、おなじ年齢の友をもたず、鮮乙のような十五歳も上の者と対話をしつづけているだけに、自分の知識の蘊蔵《うんぞう》のとぼしさをなげくしかない。とくに呂不韋は自分の家では居場所がなく、家の者とも店の者とも争わないような場所に、居すくまっていたのだから、歩く目をもつことはできず、当然、ひとつの観点から人を判断するしかない。

「歩いていた鮮乙の目には、父とわたしとは、どのようにうつったのか」

呂不韋には大いに興味がある。

「商人でも農人でも、王侯でも、一家の主は、家の繁栄と存続とをつねに考えています。家をつぐ者は自分の子ですから、その子から目をはなさず、その子の才能と器量とをはかろうとします」

「父がわたしをみていたとはおもわれないが……」

「人をみるということは、その人ばかりをみることではありません。たとえば、その人の師、友、親、兄弟などをみても、その人をみたことになるように、人はあちこちに鏡をおいて生きているのです」

「ああ……」

鮮乙のいうことには含蓄がある。呂不韋は小さくうなずいた。

「仲さまにはご生母がおられない。家の内外で風当たりの強さに悩むことになる。仲さまは長子ではないので、家をつげない。となれば、家からでて生きてゆくことになる。農家の次男や三男もおなじことで、開墾をおこなって新しい家を建てるのです。ご主人はそろそろ仲さまを世間の風に当て、たくましさを身につけてもらおうとお考えになったのです。おそらくご主人は支店をつくり、それを仲さまにまかせる腹づもりをもっておられましょうが、そうならなくても、仲さまが独立して、ふらつかずに生きてゆくことを願っておられるにちがいありません」

それが絶妙な位置にいて、呂氏の父子を観察した者の言である、と呂不韋は認めつつも、ながい年月、父の冷淡さにさらされつづけてきたこの少年としては、なお父にたいする根ぶかい猜疑《さいぎ》がある。それはそれとして、鮮乙のなかには、呂氏への尊敬と呂不韋への愛情がはっきりとあり、そこから発せられたことばが、呂不韋の愛にかわいた胸壁に滲《し》みないはずはなかった。

「鮮乙、わたしを助けてください」

呂不韋は身をまげた。すると涙が落ちた。鮮乙は少年の幼い素直さにふと胸をつかれ、微笑をつくって、

「仲さま、ご主人がわたしを仲さまに付けたということは、仲さまを助けよ、とおっしゃったとおなじことなのです」

と、さとすようにいった。

三

呂不韋《りょふい》は鮮芳《せんほう》の気先《きさき》にかなったらしい。

「妹からの贈り物です」

と、さしだされた鮮乙《せんいつ》の手にのっていたのは、絹の衣服である。さすがに呂不韋は後込《しりご》みをした。絹布《けんぷ》をあつかうことはあっても、それでつくられた衣服を着ることをおもったことはなく、げんに父は絹を身につけたことはないのに、子がそのような美衣に腕を通してよいのであろうか。

「さわってごらんなさい。商人は何でも知っておかねばならぬのです」

うながされて、呂不韋の手は光沢のある衣服にふれた。ふしぎな感触であった。指先に夢が灯《とも》った。絹のふしぎといってもよい。ひやりと冷たい現実がそこにあり、しかし手をおくとまもなく、その現実はそこはかとないぬくもりをもった。

――人は絹のようにあるべきか。

そんなことを考えつつ呂不韋は豊かな袖をもつ衣を着て、鮮乙にみちびかれ、鮮芳の部屋に行った。

「おお、仲《ちゅう》どの、佼《うつく》しい」

鮮芳は皓《しろ》い歯を見せて呂不韋の容姿にある端華《たんか》を悦《よろこ》んだ。鮮芳は昨日はじめて呂不韋に会い、目のまえの少年が美貌をそなえていることにおどろき、さらにその気質に薫芳《くんぽう》が謖《た》っていることを怪しんだ。

「まことに呂氏のご子息か」

兄とふたりだけになったとき鮮芳はそう問うた。呂不韋は商估《しょうこ》のもっている卑しさからぬけでた端《ただ》しさをもっているように鮮芳の目にはうつった。

「はは、呂氏の奥むきのことはさだかではない。まして十六、七年まえのこととなるれば、わかるはずがない。仲さまのご生母がどなたなのか、ご存じなのは呂氏だけであろう。そうなると、仲さまがまことに呂氏の子であるか、と訊《き》かれても、答えようがない」

「とにかく、仲どののご生母は、貴女ですね。それはまちがいない」

「ふむ……、呂氏は若いころに天下を往来していた。邯鄲《かんたん》にもしばしば足をはこんでいた。出入りをしたのは商家ばかりではあるまいから、貴門の婦女と情を通じたかもしれず、あるいは密事によって生まれた子を、あずかったということもありうる」

「それなら、わかります」

と、いった鮮芳のまなざしがゆれ、かすかに力をうしなったので、

「芳や、まさか貴門のどなたかに、思慕をむけているのではあるまいな」

と、鮮乙は虚を衝《つ》くようにいった。はっとまなざしを端《ただ》した鮮芳は、

「そんなことは……」

と、いったが、目もとが赤くなった。鮮芳はまもなく二十八歳になる。その歳まで嫁入りしないのは、養父の冥《めい》氏の意志にしたがっているというのではなさそうで、仔細は鮮芳の一身にあると鮮乙はみている。

——趙《ちょう》の貴人を愛しているのかもしれぬ。

その想像をぶつけてみたのである。やはり、そうか、という手ごたえであった。

もっとも冥氏の立場になって考えてみると、親戚といっても血の薄い鮮氏の子をひきとってはみたものの、よぶんなものがふえたという認識であったのに、成長した鮮芳には天性の美貌がそなわっていることを喜び、商估の道にともなってみれば、意外な商才を発揮したので、

——他人にくれてやるのは惜しい。

と、考えたにちがいない。冥氏を富ますための道具として手放したくなくなったといえよう。冥氏に実子がないということも、鮮芳にはさいわいしている。

とにかく孤独な幼年期をすごした鮮芳には、淋しい眊《くら》さに苦しみつづけた者しかもちえない感情の溜水《りゅうすい》があり、ながねん閉じられた心の弁が、呂不韋という多感の少年をみたとき、ふとゆるんだ。

「仲どのは佼童《こうどう》ですね。この端華をもってすれば、趙王にさえ仕えることができましょう。官途に就かれる気はありませぬか」

戯言《ぎげん》ではないらしい。

呂不韋は毅然として、まっすぐに鮮芳をみると、

「主に仕えるのであれば、わが身の外《がい》をもってではなく、内《ない》をもってすべきだとおもいます。もしも趙王が佼人《こうじん》を嗜《この》まれるかたでしたら、わが主にふさわしくなく、お断りせざるをえません」

と、さわやかにいった。

「おお、もっともなこと――」

鮮芳は嬉しげに笑った。じつのところ、鮮芳は多くの男たちを視《み》る機会にめぐまれ、憧憬《しょうけい》と軽蔑とのあいだで揺蕩《ようとう》をくりかえしてきた。商売で痛い目にあわされれば、男の狡猾《こうかつ》さを憎んだ。従業員も千差万別である。巧言を呈する者を近くにおけば気分はよく、その巧智を商売にまわしてみると、おもったほどの成果をもたらさない。かれらには主人を喜ばせる才しかないが、ほんとうに主人を喜ばせる者とはそういう者たちではない。呂不韋のことばを借りれば、外をもって仕えている者は信用するに足りぬ。つまり男でも女でも内なる容姿というものがあり、その容姿

のすぐれている者こそ、依恃《いじ》にあたいする。鮮芳には男の真価がわかりかけている。奇妙ないいかたかもしれないが、要するに、調和なのである。

人はおのれのままで在りたい。それは願望とはいえぬほどそこはかとないものでありながら、じつは最大の欲望である。人の世は、自分が自分であることをゆるさない。女が女であることもゆるさない。が、そういう歪《ゆが》みを矯《ただ》してくれる男がいる。その人とはおそらく自己とのながい格闘を経てきたにちがいなく、自己を、いや世人をも超越する精神力を獲得したがゆえに、人と和するということもできるのである。

鮮芳はそういう男の存在を知った。その男の姓名は、

「藺相如《りんしょうじょ》」

と、いう。むろん胸のなかに秘めてある姓名である。もっといえば、鮮芳の肌理《きり》のなかにひそかに息づいている姓名である。

鮮芳は男の吐く息のすがすがしささえわかってきた。目のまえに端座している呂不韋という少年にも、それがある。

「仲どの、ここを自分の家とおもい、ゆるりとすごされよ」

鮮芳は最大級の厚意を呂不韋にみせた。

「さあ、都内を見物しましょう。気候がよいので、二、三日したら郊外へ遊びにゆきましょうか」

鮮乙の声が呂不韋の胸のなかで甘美な明るさでひびいた。

市の見物で一日がおわり、二日目は、郭翏《かくりょう》の家へゆき、製鉄工場を案内してもらった。鉄器の主役はなんといっても武器である。武器は大量に製造されても大量に消耗される。そこに介在する商人の利は巨《おお》きい。

「人を殺す矛《ほこ》と、人を衛《まも》る盾《たて》とが、おなじところでつくられる。人とは奇妙なことをする」

「人を殺す毒と、人を生かす薬とは、やはりおなじところでつくられます」

「ああ……」

呂不韋は、ふと、王宮をみた。遠い影である。

——王は自国の民を生かそうとしながら殺している。

それが戦国の世なのである。

翌日、馬車を借りて、郊外の野で遊んだ。行楽の人々をあちこちでみかけた。わずかな平和を楽しむ人々である。呂不韋も春の風にとろけるような表情を鮮乙にむけ、年齢を忘れた幼さではしゃいだ。

が、この夜、鮮芳の家をおとずれた客によって、呂不韋はあらたな冒険にみちびかれることになる。

ふたりの客

一

春の色彩が、暮れ色に染まった呂不韋《りょふい》の胸のなかで、明るい韻《ひび》きを喪《うしな》わないでいる。

邯鄲《かんたん》の郭門《かくもん》を馬車ですぎると、風は光を地に殞《お》とした。

家のなかがひっそりしている。

「どうしたのか」

小首をかしげた鮮乙《せんいつ》が奥をのぞいた。妹の笑顔があった。

鮮芳《せんほう》としては、今夜は三人で食事をしようとおもい、ここで仕えている女たちに一日の休暇を与えたということであった。それゆえ鮮芳が廚房に立っていたのである。

「三人というより、おふたりでお話があるのではありませんか」

呂不韋はそういう気のまわしかたをした。

「まあ、仲《ちゅう》さまはお客人ですから、どうぞ、おすわりになっていてください。ただし、お口に適《あ》うものができますかどうか」

いつもの鮮芳と背の表情がちがう。商売の緊張からひとときを解放されて、家庭の温かさを愉《たの》しむこまやかな風情がある。呂不韋はそういう色あいの女の背というものを、はじめてみたような気がした。空想をさしのばせば、自分を産んだ母の背も、おそらくそうなのではないか。鮮芳の背をみた呂不韋の目にかすかな感傷の灯がともった。

割烹《かっぽう》が終わろうとするころ、この家をたずねてきた者がいた。闇をうごかす夜風とともにその者はきた。厨房からでられない妹をみて、鮮乙はとっさに、

「わしがでよう」

と、いい、不意の訪問者に応接した。来訪者はふたりである。ひとりの男は、その目に、鮮乙を怪しむ色をあらわした。

――この人は、この家の内情をわきまえている。

と、直感した鮮乙は、相手の無用の警戒心を解くために、

「鮮芳の兄です。ご尊名は——」

と、いった。とたんに男の表情からけわしい固さが消えた。そのあいだに鮮乙はすばやく観察の目を展《の》ばしている。男の衣服は侈靡《しび》のいろどりから遠い。処士がもつ体貌のゆるみはないから、どこかの家臣であろうが、重職をになっている者ではあるまい。肩のあたりにそこはかとない佻《かる》みがある。が、軽薄という感じではなく、精神の重心を人よりずんとさげているという感じで、それゆえ上体に自在のやわらかさがある。鮮乙の目にはそうみえた。

——外貌はさほど冴えぬが、人としての内容は上賢ではあるまいか。

そういう感想をもって、ふたりを客室に通したあと、鮮乙は奥にしりぞいた。

「藺《りん》氏と名告《なの》るかたを、お待たせしてある」

「え——」

鮮芳のおどろきに艶《つや》がくわわった。

——はは あ、妹の思慕の的は、かれか。

妹の心情は、わからぬでもない。というより、妹が男をみる目はそうとうに高いといえる。自分が女であれば、やはり藺氏を慕うかもしれない。だが、藺氏は少壮の齢をすぎて、すでに壮年である。当然、妻子はあろう。それを承知で、しかも、あこがれだけで通りすぎる風景のような男の遠さをきらって、より近くでより深く藺氏を想う妹の心のありかたに救いようがない哀しみがあるようで、鮮乙は複雑な気分になった。世間が考える幸福というものをなげうった女として妹をとらえざるをえない。そうさせた兄としての自分に責任がある。鮮乙はいやしがたい痛みを妹と共有したいとおもった。そのことが、まぎれもなく兄妹のあかしであった。

「藺氏には連れがいる。楚人《そひと》だよ」

「楚人……」

鮮芳のはずんでゆこうとする明るさに、翳《かげ》が生じた。藺氏が夜分に訪ねてきた目的が自分にないとわかって、鮮芳ははぐらかされたようなとまどいをおぼえた。喜色をすばやく皮膚のしたにしまったという顔つきをした。

鮮乙は藺氏のうしろにいた男と話をしたわけではない。にもかかわらず、一目でかれを楚人であるとみやぶったのには、わけがある。冠がちがうのである。楚人はむかしから高い冠をこのむ。南冠とよばれるものである。冠のかたちをみれば楚人であることがわかるのである。それよりも、

——邯鄲に楚人がきている。

という事実が、鮮乙の胸を微妙な妖しさで揺らした。

鮮芳が客室に小走りをしたあと、廚房の料理は、客室へはこばれることになった。

「ごめんなさいね」

もどってきた鮮芳は兄にあやまった。鮮乙は苦笑し、

「なあに、ふたりで食べる物くらい、わしがつくろう」

と、廚房にはいった。

「すみません。そのまえに、膳をはこんでもらいたいの。内密なお話があるようなので、兄さんより仲さまの手をお借りしたいのだけれど、いいかしら」

ひとに聞かせたくない話をする場合、たとえ立ち聞きをされても、相手が少年であれば、世間の利害にかかわりがうすいので、密談をする者は安心する。さらによいのは、呂不韋がきよらかな美童であるということである。もしも話の内容が政治むきであっても、部屋にこもったなまぐさい息を、この少年は払ってくれるであろう。

「仲さま、よろしいですか」

鮮乙に声をかけられた呂不韋は、笑みを小さくきらめかして、すばやく立ち、廚房へ行って膳をはこんだ。

鮮芳はすでに客室にいて夜の訪問者と話をしていた。

楚人に上席があたえられていて、藺氏は次席にすわっている。席次の尊卑については呂不韋でもわかる。

――優雅な人だな。

と、呂不韋は楚人をみた。藺氏にも野卑な匂いはなかったが、いやおうなく気迫を感じた。精神のたくましさを持っている人である。その藺氏は呂不韋を無言の笑みで迎えたが、膳をおいて退室するや、

「あの童子は――」

と、すぐに鮮芳にきいたようである。その声が立ち去ろうとする呂不韋の耳にとどいた。多少のするどさと翳《かげ》りとをもってはいるが豊かで温かい声である。体貌を知らなければ、その声はそびえるばかりの巨軀《きょく》から発せられたとおもうであろう。が、実際の藺氏の体格は雄偉でも肥満でもない。ただし身長は楚人よりまさっているようである。

その藺氏とは、いうまでもなく、藺相如《りんしょうじょ》である。かれのこのときの身分は、たいしたことはない。宦者令《かんじゃれい》の繆賢《びゅうけん》の舎人《しゃじん》であった。宦者令とは宮中において宦官《かんがん》をとりしまる長官で、藺相如はかれの執事ということであろう。舎人というのは春秋時代からそのいいかたがあり、貴門の客である者のうち、その家で仕官をするよ

うになった者をいう。藺相如はもとは説客《せっかく》であったのであろう。

藺相如の遠祖は晋《しん》の大臣の韓献子《かんけんし》である。韓という氏の由来は、晋の首都・絳《こう》の西方に韓原《かんげん》という地があり、汾水《ふんすい》北岸のその地に韓献子の先祖が封ぜられたことにある。韓献子が活躍した時代というのは、春秋の前期で、晋に覇権《はけん》をもたらした文《ぶん》公・重耳《ちょうじ》が亡くなってからで、献子の生前の名は厥《けつ》といい、かれは晋の宰相の趙《ちょう》盾《とん》にその才徳を愛され、抜擢されて、ついに晋の六卿《けい》のひとりとなり、韓氏の繁栄の基を築いた。そういう事情から、韓氏と趙氏との交誼《こうぎ》の篤《あつ》さはながいあいだ格別であった。が、両氏がそれぞれ国を樹《た》てた戦国期になると、その交誼はしだいにうすらいだ。

韓献子の玄孫に康《こう》という人がいた。この人の食邑《しょくゆう》が藺であったところから、藺氏は発する。

韓氏発祥の地である韓原は黄河にも近く、黄河を北へ北へさかのぼって行った右岸に藺はある。そのあたりの黄河は、中原《ちゅうげん》をながれる黄河とはながれの方向がまったくちがい、北から南へながれる。また、西にある河水《かすい》（黄河）ということで、西河《せいか》ともよばれる。

韓氏は献子の子の宣子《せんし》（名は起《き》）の代になると本拠を南へ移し、州《しゅう》（河南沁陽《しんよう》市東）がその本拠になったのだが、宣子の子の貞子《ていし》（名は須《しゅ》）は北へ本拠をもどし、韓原に遠くない平陽《へいよう》（山西臨汾市南）にうつり住んだ。その子孫は国の拡大の方向を南にさだめ、ついに黄河の南の鄭《てい》を攻め滅ぼして、国の重心を鄭の旧領にうつしかえた。黄河の北の北にとりのこされた藺氏はどうしたのであろう。韓が鄭を滅ぼしたのは紀元前三七五年であり、それから三年後に魏《ぎ》軍が藺で趙《ちょう》軍を破っている。ということは、藺はすでに趙に属する邑になっていたわけで、藺相如についていえば、かれのもとの氏は韓で、姓は姫《き》であり、あたらしい氏は藺で、出身国は趙ということになる。

　ついでながら、周《しゅう》王室の姓も姫であり、ほかに魏、衛《えい》、魯《ろ》、韓も姫姓の国である。韓が鄭を滅ぼした年から九十二年後にあたるこの年に、藺という邑を治めている者は、藺相如の肉親でも親族でもあるまい。また藺相如が藺氏の嫡流にあるかどうかもわからないが、庶流の場合は氏がかわるので、いちおう正統な血胤《けついん》にあるとみたい。ただし落魄《らくはく》したにちがいなく、そうでなければ、人に尊崇《そんすう》されることのない宦官に仕えるはずがない。

　その藺相如が鮮芳に、

「こちらの貴人は、楚からこられた黄《こう》氏で、人にきかれたくない話があるとのことで、ここをお借りする」

と、同伴者を紹介して、かるく頭をさげた。黄氏という若い貴族は、鮮芳のことを藺相如からみちみちきかされたらしく、警戒の色はまったくみせず、

「ご迷惑をおかけする」

と、いい、鮮芳に鄭重《ていちょう》に頭をさげた。かれの名は歇《けつ》といい、のちの春申君《しゅんしんくん》である。

二

厨房にもどってきた鮮芳《せんほう》から話をきいた鮮乙《せんいつ》は、膳をはこぼうとする呂不韋《りょふい》に目くばせをした。

——あれが楚《そ》王の使者かもしれない。

と、目でおしえたのである。勘のよい呂不韋もおなじことを考えていただけに、すぐに小さくうなずいた。部屋に近づくと楚人《そひと》の声がかすかにきこえた。

「……こまりはてて、繆賢《びゅうけん》どのをおたずねしたしだいです。まさか趙《ちょう》王に扈従《こしょう》なさっておられるとは存ぜず……」

そこで声が消えた。人のけはいを感じて黄歇《こうけつ》が口をとざしたからである。呂不韋が膳をおくと、藺相如《りんしょうじょ》は人あたりのよい笑みをむけ、

「童子の生家は韓《かん》の陽翟《ようてき》にあるときいた。寡聞ゆえ、尊父の呂氏が何を買《あきな》っておられるのかは知らぬ」

と、いった。呂不韋はすこしまなざしをあげた。この少年がひきしまった表情をすると容貌に澄明なものが生ずる。眉目はいかにもすずしげで、しかし伏目がちになると、眉宇《びう》に煙るような薫りの色がただよう。

――女でもこれほどの娃《うつく》しさをたたえている者は稀《まれ》である。

と、藺相如はひそかに驚嘆した。

「父は、兵器、穀物、珠玉、皮革など、およそ利を産む物であれば何でもあつかいます」

「なるほど……」

苦笑した藺相如は、童子は尊父の代人として邯鄲《かんたん》にこられたようだが、ここでは何を売買するのか、ときいた。

「黄金をふくんだ石をしらべてもらうためにきただけです」

「黄金を――」

藺相如は目で笑った。少年があっさり手のうちをみせ、商売の種をしめしたのは、少年にはまだ商戦のきびしさがわかっていないからであろうとおもったからである。が、かれは少年の未熟さをあざわらったわけではない。商販にともなうあくどさにけがれていない少年の心のいずまいに好感をいだいたという笑いであった。

黄歇もほほえんだ。呂不韋が部屋にはいってきたため、話を中断せざるをえなくなったかれは、かすかな不快さのなかにこもっているようであったが、少年のかくしだてのない答えと、藺相如の声のない笑いに、さそわれるように表情をやわらげた。

たしかにこの少年は、藺相如が推察したような心の純粋さをもってはいるが、その純粋さのなかで溺れてしまうような単純な自我の持ち主ではない。純粋さのうえに積むべきものが何であるのか、さぐりつつ成長している過程にあり、むろん人を平凡人にしかねない世故《せこ》をも識《し》りつつあるのだが、自分がおかれた状況のなかで閉《へい》塞《そく》してしまわない知恵のすばやい使いかた、すなわち機知のきらめかせかたを、会得しはじめていた。

「たとえその石が、莫大な黄金のありかを告げていても、たれも手がだせないでしょう。けわしい山のなかにありましたから」

黄金をふたりにちらりとみせてさっさとしまいこむような話しかたを呂不韋はした。自分でさしだした話題であるのに、それが大人たちの興味を惹《ひ》く黄金の所在に付着しそうになることをきらったという呂不韋のしゃべりかたは、無邪気や幼さからぬけたところにあると知った藺相如は、

——商人の子は商人か、怜悧《れいり》さがある。

と、おもいなおした。

「それでは、その石を邯鄲まではこんできて、しらべる必要はなかったのではないか」

呂不韋に体をかわされた感じの藺相如は、切りかえしたのである。もはや大人と子どもの対話ではなく、藺相如が心のおきかたをかえたがゆえに、おなじ高さをもつ場裡《じょうり》における問答になった。

「そうでしょうか。石は何をふくんでいるか、わかりません。黄金であれば、多大な費用と多数の人とをつかって鉱脈を掘鑿《くっさく》しなければなりませんが、わずかな人数でたやすく採れる宝のありかをおしえてくれるかもしれません。韓では、石の語ることを聴きとることのできる人がいませんから、ここまできたのです」

そういって呂不韋はすばやく身をしりぞけた。藺相如と黄歇とは顔をみあわせた。

わずかな人数でもたやすく採れる宝石のひとつは、玉《ぎょく》であり、いままさにふたりの関心事とはそれであった。

玉のなかでも大型の玉、すなわち璧《へき》をもって黄歇は楚の首都である郢《えい》を出発したのである。いうまでもなくその璧とは国宝の和氏《かし》の璧である。

「趙はいま秦《しん》の盟下にあり、よほどの利をみせねば、趙はこちらの誘いに乗りますまい」

楚の頃襄《けいじょう》王の諮問をうけた大臣たちは口をそろえていった。その諮問の内容というのは、秦王を盟主として成り立った連横《れんこう》をどうしたら突き崩せるかということであった。頃襄王が大臣たちを集めて、それについて相談しはじめるまで、多少複雑な経緯がある。

楚は頃襄王の父の懐《かい》王のときに、国をあげて秦に戦いをいどみ、二度大敗した。そのため国威はいちじるしく衰え、秦の威圧に耐えかねて、太子を人質として秦へ送った。その太子というのがのちの頃襄王で、かれにとって秦は住みごこちの悪いところであったらしく、秦王の臣下と争いをおこし、ついにその大夫《たいふ》を殺して、楚へ逃げ帰った。

それ以前に東方の斉《せい》は宰相に孟嘗君《もうしょうくん》をすえ、盛栄をかさねていたので、楚は斉とむすぶために、逃げ帰ってきた太子を人質としてさしだした。すなわち頃襄王は東西の大国の首都で不自由な人質生活を送った人なのである。

父の懐王といえば、暗愚な人で、秦王に招かれるや、重臣たちの反対を押しきって秦へでかけ、そこで拘留され、幽厄《ゆうやく》の果てに病死した。

――秦は虎狼《ころう》の国よ。

斉からもどって王位に即《つ》いた頃襄王は、自分と父とがうけた秦のしうちのむごさを、臓腑をふるわせて憎んだであろう。同時に、かれの生涯の主題はさだまったというべきである。

「秦こそ仇敵《きゅうてき》である」

いつか秦を伐《う》って父と自分の怨みをはらさねばならない。この情恨《じょうこん》を胸の底の底に沈めて頃襄王は聴政にあたった。かれは諸国の勢力を結集させて秦を攻めようと画策したもののうまくゆかず、そのうち、斉の湣《びん》王が孟嘗君を放逐して武威をふるいはじめ、手のつけられないありさまになった。斉の猛威によって、名門の国である宋《そう》が倒されるにおよんで、

「なんとかせねばならぬ」

と、考えたのは頃襄王ばかりではない。斉に境を接する趙の恵文《けいぶん》王も魏《ぎ》の昭《しょう》王も、

斉のとどまることをしらない伸長ぶりを恐れ、かつて斉に滅亡寸前に追い込まれたことのある燕《えん》が、楽毅《がっき》という将軍をつかって、斉の攻伐を計《はか》らせるにおよんで、それに同調した。西方の秦も斉をたたいておきたいところから、その攻伐に加わるというより、盟主の立場で各国に出兵をうながした。頃襄王としては、斉の節度を忘れた肥大はたしかに不快そのものであったであろうが、斉攻めの主導権を秦の昭《しょう》襄《じょう》王ににぎられるのは、さらに不快であったにちがいない。昭襄王と会見した頃襄王は、

「斉を攻めるについては異存はない」

と、いったものの、実際には兵をださなかった。そればかりか、燕、秦、韓、魏、趙の連合軍が斉へむかったと知るや、謀臣の淖歯《どうし》に兵をあたえ、

「斉を伐つとみせて、斉を援《たす》けよ」

と、内命をくだした。斉が滅んでしまえばおのずと天下は秦のものになる。それを恐れての謀計であった。ところが頃襄王のおもわくははずれ、事態は予想を越えて悪化した。なんと斉の湣王を援助するはずの淖歯が悪心を起こし、湣王を暗殺し、みずから斉の国王におさまろうとしたのである。そのため斉の国民はいちように楚を恨み、湣王に恩義を感じていた有志の四百人が淖歯を襲って殺したあと、斉全体

は莒《きょ》と即墨《そくぼく》の二邑をのぞいて燕軍に服従した。

——なんということか。

斉に恩を売るはずの手が恨みを買ってしまったのである。また秦に協力するといいながら斉に内応した事実を秦に知られたであろうから、つぎの連合軍の標的は当然楚になる。

「策を弄しすぎたむくいよ」

と、諸侯はひややかに頃襄王をながめ、けっして楚に手を貸さぬであろう。

——わしは策謀家であろうか。

頃襄王は内心に焦《あせ》りをおぼえつつ反省した。たしかに策謀家の一面をもってはいる。が、もともと陽性を思考や性質にそなえていて、譎詐《けっさ》の昏《くら》さにとじこもるような人ではない。かれが策謀のけわしさをみせるのは、秦にたいしてのみである。この場合も、

「やがて秦軍がかならず楚を攻める」

という予想がかれの念頭に色濃くあるので、秦に要請されて軍をださざるをえない国にひそかに手をまわし、連横から脱却させ、連合軍の形成を突き崩し、秦の意識を分散させる必要がある。そのためには、またしても策を立て、実行しなければ

ならない。

「やむをえないことである」

と、頃襄王が重臣たちに心情を吐露するまでもない。重臣たちにも、楚を襲う危難の内容はわかっており、そのまえに打つべき手にどういうものがあるのかは、頃襄王の考えとほぼ一致していた。

まず燕を誘うのはむりである。燕軍は戦闘をおえ、占領行政をおこなっている。韓、魏とは国境を接しているので、つねに攻防をおこなってきた相手国である。掌《てのひら》をかえしたような楚の外交の転換を信じるはずがない。それゆえ、悪いゆきがかりがないのは、趙しかないのである。

「趙王を説く」

楚は外交の主題をその一点にしぼり、弁知のある黄歇を密使として立てたのである。

三

璧《へき》はたしかに宝石である。その璧のなかでも、和氏《かし》の璧は天下に知られた名宝で、その美しさと品格とは比類がない。しかしながら、もとをただせば、石、なのである。

——石ひとつで、楚《そ》の危難を排抑《はいよく》することができるのであれば、安いものだ。と、頃襄王《けいじょうおう》は考え、重臣たちも考えた。それゆえ、ながいあいだ府庫に保管されていた和氏の璧が陽の下にだされ、しかも国外にでることになったのである。しかしながら、みかたをかえれば、和氏の璧というのは、楚の国土の豊かさの象徴であり人臣の王室へむける忠誠のあかしでもあり、その石ひとつに、王室と人臣のかたい結びがこめられていた。あえていえば、そこに楚の命運が宿っていた。この年からかぞえて五年後に、楚の首都が秦《しん》軍によって陥落させられることをおもえば、和氏の璧を趙《ちょう》にゆずりわたそうとした時点から、楚は衰亡の途《みち》をころがり落ちはじめたといえるであろう。

黄歇《こうけつ》に付き従う者は五人である。かれらは三乗の馬車に分乗し、邯鄲《かんたん》をめざした。韓《かん》と魏《ぎ》の国をぬけ、趙にはいるかはいらないところで、

「和氏の璧を盗まれたのです」

と、黄歇は自責の念をあらわにしていった。旅館が改築中で民家に泊まらざるをえなくなり、里人にあたるまもなく、

「宿をおさがしですか」

と、声をかけてきた男がいた。あとで考えてみればその男も盗人の仲間にちがいなく、つれてゆかれたのは里落《りらく》の敝屋《へいおく》で、しかしおどろいたことに、その家の主人はこざっぱりした身なりをしており、農人というより武人の風貌で、挙措《きょそ》が端《ただ》しく、さらにおどろいたことには、主人の娘が香気をただよわせる娃鬟《あいかん》で、

――楚王のご愛妾もこれほどではない。

と、五人はそろって驚倒《きょうとう》を口にした。

しかもこの家の主人が、

「野人《やじん》ではありますが、郤成子《げきせいし》の故事にならって生きております」

と、いったので、故事にあかるい黄歇は、

――さてこそ、賢人にちがいない。

と、すっかり信用してしまった。

郤成子は春秋時代の前期の人である。晋《しん》の出身で、父の郤芮《げきぜい》は霸者《はしゃ》・文《ぶん》公にさからったので、ついに誅殺され、子の郤缺《げきけつ》（成子）は野《や》にかくれた。野人となった郤缺であるが、礼の心をうしなわず、妻も夫の礼容に順じ、草とりをおこなっている夫に弁当をとどけるときでさえ、うやうやしく、夫もそれに応《こた》えて敬礼を忘れず、

野中にあって、

——相待《あい》つこと賓《ひん》のごとし。(『国語』)

と、この夫妻の応待は、まるで相手が賓客《ひんかく》であるかのような敬重《けいちょう》にみちたものであった。そのふたりをたまたま文公の重臣の胥臣《しょしん》がみかけ、郤缺を推薦することになったのである。

その故事を知っているこの家の主人は、やはりどこかの国の君主にさからって没落した貴族の子孫であろう、と黄歇は推量におさめた。

「郤成子の名をだしたのですか……」

口をはさんだ藺相如《りんしょうじょ》はわずかに首をかたむけた。

「面貌も卑しくなく、眼光に冴えがありました。しかし、いま考えてみると、隠遁している男にしては活気がありすぎた。娘の手も草棘《そうきょく》をいじって荒れたあとがなかった」

「ふむ……、郤氏の末裔《まつえい》かもしれません」

と、藺相如がいったように、郤氏は郤缺が文公に登用されたことで隆昌の基を築き、春秋時代の中期には、晋国の朝廷に郤氏の宗枝が高位をつらねて栄耀栄華を誇った。ところが政争にやぶれて、一朝にして、その威権はしぼみきった。郤氏は族滅されたのである。とはいえ、子孫のひとりやふたりは生きのびたであろう。

「そうかもしれませんが、ともかく、われわれはだされた酒でみごとにねむらされ、起きてみれば、男女の姿はなく、和氏の璧も消えていた。金は盗まれなかったのですから、盗人の狙いは、はじめから璧にあったことはあきらかです」

黄歇は自分の膝をいらいらした手つきで激しく打ち、うなだれた。

「そうでしたか。しかしながら、和氏の璧をわが王に譲渡なさる件は極秘のはずで、ご存じなのは、楚王と重臣がた、それに貴殿と随行者のみでしょう。どこからこの秘事が漏れますか」

「あの男女を血まなこになって捜しながら、わたしもそれを考えた。どう考えても、これは草竊《そうせつ》のしわざではなく、楚と趙との密約をさまたげようとする者がしくんだことで、その首謀者は秦人《しんひと》であろう」

「同意です」

藺相如はうなずいた。そうとうなはやさで秘密が漏洩《ろうえい》したであろうことは想像するに難《かた》くない。黄歇はすばやく郢《えい》を発《た》ち、まっすぐに邯鄲をめざしてきたのであろうから、その急行する密使を罠をかまえて待つ敵の情報伝達の機構は恐るべきものであるといわねばならない。あえて想像すれば、和氏の璧を奪った謎の男女というのは、趙と魏との国境あたりにあらかじめ配されて、事が起きたときに、すぐさま活動する諜賊《ちょうぞく》なのかもしれない。それはそれとして、そういう秘密工作がたちまち秦に知られてしまう枢路《すうろ》のありかたに問題がある。趙が楚と組んだ場合、そのあたりを忘れると、おもわぬ煮え湯をのまされることになる、と藺相如は考えつつ、

「楚の重臣がたのなかで、秦に内応なさっているかたがいる、としかおもわれませんね」

と、一歩踏みこんだいいかたをした。これは裏切り者をおしえてもらいたい、とうながしたというより、思想の点において、秦と結んだほうが国を保ちやすいとする連横《れんこう》論者はたれであるのか、と問うたのである。連横論者は楚ばかりでなく趙にも魏にも、つまり各国にいるのである。

黄歇は口をつぐんだ。大臣の貌《かお》を脳裡《のうり》に描いているのかもしれない。それから口もとにほろにがさをみせ、

「わが王の正夫人は、秦の王女です」

と、いった。その微言《びげん》をうけて、藺相如は苦笑した。

なんのことはない。楚の国策の最高責任者のかたわらに秘密漏洩者がいる。秦の王女は、秦と楚の友誼《ゆうぎ》の懸け橋として、楚王に嫁《か》したのである。楚王の正夫人にお

さまった王女は、婚家と実家の両方の利益のために存在するのであり、父はこの世にひとりしかおらず、それにくらべ結婚と離婚をくりかえせば夫は何人でもいるという考えかたから、父を至尊とする思想はありふれたものであり、それゆえたとえ楚王の正夫人であっても、利益をはかる場合、実家を優先する。みかたをかえれば、楚にかぎらず、王にとついできた正后、妃妾《ひしょう》は、出身国の外交官なのである。それら女たちの居住区は治外法権をもっており、出身国から付き従ってきた者たちの活動は、法にしばられることはない。したがって、王宮内や朝廷内の実情をつぎつぎに実家へ報告することができる。

藺相如と黄歇はことばをうしない、しばらく嘆息のなかにいた。

和氏の璧はすでに秦人の手にわたっているであろう。黄歇の使命は、趙王を説いて、秦との紐帯《ちゅうたい》を解いてもらい、楚と歩調をあわせてもらうことである。

――が、和氏の璧を持参せずに、それができるか。

と、みずからに問うまでもない。否《いな》、である。和氏の璧は趙王への賄賂にはちがいないが、黄歇にしてみれば、それが楚王の使者であるという証《あかし》なのである。理由はどうあれ、和氏の璧をもたぬ者は使者として認められず、当然、趙王への謁見はかなえられぬ。かといって、おめおめ楚に帰るわけにはいかない。どんなに頃襄王に愛されている黄歇でも、この失態は赦《ゆる》されず、剣頭《けんとう》をのどにあてて身を伏さねばならぬであろう。

いうまでもなく、黄歇は窮したのである。

進退きわまった黄歇は、ひとりの人物の名をかすかな光として憶《おも》い浮かべた。その名というのが、藺相如が仕えている繆賢《びゅうけん》である。繆賢は趙の恵文《けいぶん》王の左右につねに侍し、気骨があり、その見識に偏小《へんしょう》がないときく。

――かの人しか、すがる人はない。

失意の身を起こし、いそぎにいそいで邯鄲にはいり、繆賢邸の門をたたいた。応接にでたのが藺相如である。

「王と主とは、いま離宮へでかけられて、邯鄲には不在ですが……」

と、いった藺相如は、黄歇という若い貴族が切りだした話の内容が、容易ならぬものであることをすぐさま察し、家中の者に立ち聞きされてうわさがひろがれば、この密使の一命にかかわると配慮し、

「気のおけない家があります。お話はそこで――」

と、鮮芳《せんほう》の家へいざなったのである。

「和氏の璧をとりもどしてもらおうとはおもいません。和氏の璧がなくても、趙王

に拝謁できるように、繆賢どのにお力添えをお願いしたいのです。それがかなわぬとなれば、宮門のまえで、わが死をもって、趙王に訴えるほかありません」

黄歇が切々といったとき、

「死に至る途《みち》は遠のきました。和氏の璧は、ここにございます」

という少年の声が室外からきこえ、室内によどんだ沈鬱さは一瞬にして破られた。

若い食客

一

まず室内にはいってきたのは鮮芳《せんほう》である。絹布《けんぷ》でつつんだ物をささげている。つづいて鮮乙《せんいつ》と呂不韋《りょふい》が粛々《しゅくしゅく》とはいってきた。

黄歇《こうけつ》は息がとまったような表情で三人を見守っている。とくにその目は、鮮芳の手のうえの絹布からはなれない。藺相如《りんしょうじょ》もおどろきをかくさず、鮮芳の澄んだ横顔を凝視していた。が、鮮芳はまなざしを揺らさず、まっすぐ黄歇のまえにすすみ、しずかにすわると、いちど絹布を顔よりうえにかかげ、それからゆかのうえにおいた。

「これは兄の乙と呂不韋どのが、たまたま入手した物でございます。おあらためくださいまして、おさがしの物でしたら、喜んでさしあげますが、そのまえに呂不韋どのが申し上げたいことがあるそうです」

　そういって頭をさげた鮮芳は、膝をおくって壁ぎわにしりぞくと、呂不韋が拝礼して、数歩すすみ、ゆっくりすわった。うしろの鮮乙は呂不韋よりおくれてすわった。

「ここにあります物を入手した事情は何も申し上げません。人を殺したり、盗んだりしたというやましい行為を経た物でないことだけは申しておきます。もしも黄氏に褒賞のお気持ちがおありでしたら、そのすべてを、うしろにおります鮮乙にたまわりとう存じます」

　呂不韋は黄歇にむかってからだを折り、頭をゆかにつけた。

「おお、これがまことに和氏《かし》の璧《へき》であったら、わが家財の半分をさずけてもよい」

　黄歇の声がうわずっている。呂不韋は口もとをほころばせ、

「黄氏、商人《しょうひと》は信義を重んじます。いちどとりきめたことは守らねばなりません。その信義からみれば、貴家の財の半分をさげわたすとは、虚言にひとしく、そういう虚言を弄されるかたが国の存亡にかかわる大任を果たせるはずがありません。この和氏の璧があろうがなかろうが、あなたさまは、ご自分の虚言によって身を滅ぼされるでしょう」

と、激しくいい放ち、絹布をつかんで立とうとした。

「待て」

黄歇の手が呂不韋の腕をつかんだ。

呂不韋は黄歇をにらみかえした。おとなしく楚《そ》の使者に和氏の璧を献上するだけだとおもっていた鮮乙は、呂不韋の激しい態度に仰天するおもいで事態を見守っている。鮮芳も、ひごろおとなしい呂不韋が、楚の貴族に恐れ気もなく直言したことで、

——この童子はただものではない。

と、認識をあらたにした。藺相如だけが、ひとつ大きくうなずき、ゆとりのあるまなざしを呂不韋にむけていた。

「ゆるせ。喜びのあまり、おもわぬことを口走った。あらためていう。もしもこれが和氏の璧であったら、黄金百鎰《いつ》を鮮乙につかわそう。それでどうか」

黄歇はのちに楚の国政をあずかる男である。肚《はら》は太く、智に冴えがあり、人を観《み》る目はもっている。呂不韋という少年がいったことに道理があると認めれば、おのれの非を払い、ことばに真情をそえることにやぶさかではない。ところで鎰は金貨の重さをはかる単位で、前述したように、いまの約三百二十グラムであるから、黄

金百鎰は当然約三十二キログラムである。

——そんなにくれるのか。

じつは呂不韋がもっともおどろいた。黄金百鎰は、十年間飲まず食わずで働いても、手のとどかぬ金である。ここまで親身《しんみ》になって自分を教え導いてくれた鮮乙に、何かをしてやりたいとおもっていた。そのひそかな意望が、楚の貴人とのかけひきを産んだのであるが、おもわぬ大金に呂不韋の胸がおどった。が、その喜躍を面貌にあらわすことが卑しさにつながると知っている呂不韋は、さりげなく容《かたち》を端《ただ》し、絹布を膝もとにおいた。

「もとより、ご褒賞のお気持ちがあれば、と申したことです。黄金百鎰のご賞典《しょうてん》、鮮乙になりかわってお礼を申し上げます」

と、念を押すようにいった呂不韋は、さて、と藺相如のほうにむいた。鮮乙ははらはらするよりあきれはじめた。

——賈人《こじん》の子は賈人か。

と、感心するところもある。商売の種をにぎったら、それを最大限に活用しようとする呂不韋の粘りをみせつけられたおもいである。

「藺氏にお願いがございます。ただし、この願いをきいてくださらなければ、和氏の壁をお渡ししないという、そんな願いではありません。が、諾否はすぐにいただきたいのです」

呂不韋の目つきが変わってきた。切実なものがあらわれたという感じである。それを察した藺相如は、さきほどのやりとりをみていたこともあって、

――迂闊《うかつ》な返答はあたえられぬ。

と、考え、

「さきにことわっておく。その願いが、わが主や、その上のわが王にかかわることであれば、まず、否《いな》といわねばならぬ」

と、厳然といった。呂不韋が趙《ちょう》からの褒賞をねだっているのであれば、藺相如の立場では、上申し、主君の繆賢《びゅうけん》から上奏してもらわねばならず、諾否を速答することができない。

「そのようなことではございません」

「そうか。では、申せ」

「わたしを藺氏の客にしていただけませぬか」

その言は呂不韋のうしろにすわっている鮮乙の膝をすすめさせ、

「仲《ちゅう》さま――」

と、たしなめの声をあげさせた。呂不韋が藺氏の客になれば、当然、邯鄲《かんたん》に滞在することになり、陽翟《ようてき》の実家へは帰らないということになる。

――そうか……。

ここで藺相如の返答がほしいといったのは、一両日中に、石をしらべてくれた郭《かく》翏《りょう》から報告がとどけられ、それをもって帰国の途につかねばならぬから、実家に帰りたくない呂不韋は、藺相如の人格をみて、かれにすがろうとしているのであろう。鮮乙の胸に呂不韋のさびしさが去来したものの、呂不韋をつれて帰らねば役目を果たしたことにならぬので、大いにあわてたことはたしかである。

その鮮乙の当惑ぶりと呂不韋の切迫ぶりとを冷静にみつめていた藺相如は、

「いいでしょう。客としよう。陽翟の呂氏には、書状をしたためる。もっともわが家には客人はひとりもおらず、童子がわしの最初の客よ」

と、いって笑った。

「感謝申します」

呂不韋は顔を紅潮させ、すばやく絹布をひらき、璧を黄歇にみせ、両手を絹布のしたにもってゆき、水をすくうように絹布をささげた。むろん絹布のうえに璧がある。

「おお——」

黄歇の顔が輝いたのは壁の輝きを映したということもあろうが、うけとった璧がまちがいなく和氏の璧であるという感動のあらわれであろう。

「いかに――」

と、藺相如がいった。黄歇はなんどもうなずき、

「まさしく……」

と、のどがふさがれたように、みじかいことばしかださなかった。しみじみと璧をみたあと、

「天は、楚の命運とわがいのちを断たなかった」

と、つぶやいた。呂不韋と鮮乙は璧ぎわにしりぞき、鮮芳の横にすわった。そこで一礼し、退室しようとした。すると黄歇はかるく手をあげ、

「鮮乙どの、旅館にわが配下が愁顔を寄せあってわしの帰りを待っている。いま牘《とく》に一筆したためるから、吉報をつたえてもらいたい」

と、いい、呂不韋には、

「退室するにはおよばぬ。璧を手中にもどしたとはいえ、わしの使命はこれからで、喜びにひたりきっているわけにはいかぬ。それでもこの喜びは、ひとりであじわう

には、大きすぎる。わずかな燕娯《えんご》であるが、頒《わ》けあいたい」

と、熱い口調でいった。

——この楚人《そひと》は……。

呂不韋は静思の目をむけた。黄歇は情熱家である。その情熱のありかたは、自分だけが善《よ》ければよいというものではなく、配下や他人に善美を分配したうえにあるというもので、規模の大きさを感じさせる。人のうえに立つ人とはこういう人でなければならない、と呂不韋はおもい、黄歇ののちの成功を予感した。

ただし呂不韋はこのとき、燕《たの》しみを頒けあうことができるのであれば、財産とか権利というものを頒けあうことはできないのはどうしてであろう、とかすかに考えた。のちに呂不韋は『呂氏春秋《りょししゅんじゅう》』（あるいは『呂覧《りょらん》』）という思想書を著《あら》わすが、そのなかで、

昔《むかし》先聖王の天下を治むるや、かならず公《こう》を先《さき》にす。公なればすなわち天下平《たい》らかなり。平は公より得らる。

と、述べることになる。公は公正ということであろう。先聖王は古聖王とおなじ

で、古代の聖王のことである。すなわち治世は公平が根幹であると呂不韋は主張する。そういう思想の根底にある目は、つねに庶民とおなじ位置におかれていた。それだけ呂不韋の情熱は大きく、公平というものが天下の喜びの最大のものであり、それを実現しようと努力する男の原形が、このころ萌《きざ》したといってよいであろう。

二

二日後に郭瘳《かくりょう》の使いの者が鮮芳《せんほう》の家にきた。

「これから郭瘳家へゆきますが、その足で邯鄲《かんたん》をでます。くどいようですが、仲《ちゅう》さまは、藺《りん》氏の客としてこの地にお残りになるのですね」

鮮乙《せんいつ》は旅装をしはじめた。

「はっきりいえば見聞をたくわえたい。学問もしたい。趙《ちょう》の国で仕官をするつもりはないから、かならず帰る。が、早くても三年先になるだろう」

呂不韋《りょふい》にはそんな予感がある。広い世界を知り、さまざまな人をみて、商利をわきにおいたかたちで生きてみたくなった。朝から夕《よる》まで利害のことしか考えないのでは、いかにも人としての幅がせまく、むしろ大利をつかむためには、一見、むだとか無益とかおもわれることに心身を漬け、そのあいだに小利にまどわされない心の目をやしなっておく必要があることを呂不韋は旅のあいだに痛感した。

とくに彭存《ほうそん》という山師《さんし》は貴重なことをおしえてくれたような気がする。諸国をめぐって舞を売る小環《しょうかん》は道中でめぐりあった可憐《かれん》な花であった。いや、花というより蕾《つぼみ》であった。呂不韋はその蕾を愛《かな》しみ、蕾には手をふれず、茎を押《な》でたにすぎなかった。舞は清純な者がおこなうものである。呂不韋はあえて犯触《はんしょく》者になろうとはおもわなかったというより、自分ではどうにもならない束縛のなかにいながら、その束縛をふりほどけばかえって生きてゆけない、そういう少女の悲哀に打たれたというべきである。呂不韋とて、しばらくまえは小環とおなじような境遇にいた。小環とわかれたあと、清純なひびきが胸のなかでやまない呂不韋は、あの花はやがて心ない者の手で折られ、けがされ、腐爛《ふらん》するか枯涸《こかく》するか、そういうさだめしかみえないだけに、

――わたしに力があったら。

と、つくづくくやしいおもいをした。人がもちうる力とはなんであろう、と考えはじめたのも、それからである。もしも小環を救おうとすれば、財力ひとつで可能であった。富というのは、人の不幸を消し、人の救助に役立たせることができる。

その力は、人を傷つけるのであろうか。

たとえば、冥《めい》氏はどうであろう。

冥氏は鮮乙の遠い親戚にあたる人だが、その性情に陰黠《いんかつ》なものがみえるので、呂不韋は好きになれない。しかし冥氏の富は、さまざまな人を生かしていることもたしかである。冥氏は呂不韋が考えるような富力の活用をしていないにせよ、冥氏の富によって、路頭に迷わずにすんでいる人はすくなくあるまい。そう考えると、富力というのは軽視することができない。権力のように人と争って獲得するのも富力であるが、争いの質がちがうような気がする。

——やはり財や富の力をもつべきである。

冥氏や雀《じゃく》氏、それに鮮芳という、多くの人を使っている人に会い、呂不韋なりの批判と自覚をもつようになった。その批判というのは、自分であればこういうふうに富を使い人を使うというもののほかに、冥氏は富豪であるとはいえ、あの程度の規模にとどまっているのは、事業を推進するうえで欠陥があったからではないか、と考えたことである。その考えは、父へもおよぼすことができる。つまり冥氏も呂不韋の父も、天下に鳴りひびいた富人《ふじん》ではない。どうせ商売をはじめるのであれば、諸国の人々に名を知られるような賈人《こじん》になりたい。そういう呂不韋のおもいからすると、冥氏も父も模範にはならない。

――冥氏や父にまさるには、ふたりとは別の途《みち》を歩かねばならない。

本能として、それはわかるのである。

その別途を模索するということが、すなわち、邯鄲に残るということであった。

「では、発《た》ちます。が、百鎰《いつ》の黄金をどういたしましょう」

すでに鮮乙のもとに三十鎰の黄金がさげわたされている。のこりの七十鎰は黄歇《こうけつ》が楚《そ》に帰国してから送られてくることになっている。

「鮮乙のものだ。たくわえておけばよい」

「仲さま、褒賞でも身分相応でなければ、身を滅ぼすもとになります。この件が呂氏の家中に知られれば、かならずわたしは邯鄲で私腹を肥《こ》やしたと疑われ、最悪の場合、呂氏に追放されます。そうなれば、いくら金があっても、商人としては立てません」

「そうか……」

百鎰の黄金があれば鮮乙は呂不韋の父にしばられていることはない。自分で店をもつことができるであろう。そう単純に考えていたのだが、鮮乙の憂慮はもっともであると考えなおした呂不韋は、

「黄金は、ここへ送ってもらうようにしたらどうか」

と、いった。鮮芳にあずかってもらうということである。鮮乙はすぐに首を横にふった。

「同じことです」

「同じとは――」

「妹のもとに楚から大金が送られてくれば、妹の下で働いている者は、冥氏の手先ですから、その金を怪しみ、冥氏に密告しましょう。妹は冥氏のもとにいることができなくなります」

「はは、大金とは迷惑そのものだな」

呂不韋は苦笑するしかない。七十鎰をうけとるすべがない。

「三十鎰は妹に渡しました。七十鎰は仲さまと頒《わ》けあいたいのです。和氏《かし》の璧《へき》はふたりでみつけたのです。褒美をひとりじめにすれば、神祇《しんぎ》がくだります」

「いや、和氏の璧をみつけたのは鮮乙だ。神祇はそれを知っている。わたしこそ、一金でもうけとれば、神意をけがす」

呂不韋は明言した。こういうけじめをしっかりつけておかないと、人というものは、精神をふくんだ輪郭が爛《ただ》れる。

「こまりました」

鮮乙は深刻さをみせた。

「どうするか……」

呂不韋も考えこんだ。鮮乙を大きく活《い》かすための金が鮮乙を殺してしまっては何にもならない。鮮乙と自分をのぞく者にあずかってもらうしかない金であるが、その者がおもいあたらない。信用してよさそうなのは、雀氏であるが、かれの心底がわかるほどのつきあいをしていない。これから自分が身を依《よ》せる藺相如《りんしょうじょ》が大金をあずけるにふさわしい相手であっても、鮮乙は陽翟《ようてき》にもどるわけであるから、邯鄲は遠すぎるし、藺氏が庶人でないことも、なにかと鮮乙には不都合であろう。

「そうか――」

呂不韋は明るい目をあげた。

「妙案がありましたか」

「かんたんなことを忘れていたよ」

「はあ……」

「黄氏にあずけておくことだ」

「なるほど」

鮮乙はさっと深刻さを表情から払いのけた。この男の思考の回転も速い。呂不韋の意中をたちまち察した。つまり、黄歇は藺相如とはちがい楚のれっきとした貴族である。富家《ふか》の当主である。残金をこちらがうけとってしまえば、それで黄氏とのつながりは切れてしまうのに、残金をあずけておけば、黄氏の家に出入りすることができる。鮮乙はすこしずつ金をうけとるついでに、おそらく商売をすることもでき、黄歇が楚王の寵臣であるかぎり、楚王室の御用もうけたまわる機会を得るかもしれない。呂不韋の狙いはそれであろう。

「毎年、十鎰をいただくことにします」

「はは、それがよい。七年は楚へゆくことになる。わが家は楚の商人ととりひきがあるだろう」

「むろん、ございます」

「では、藺氏からそのことを黄氏にいってもらう。黄氏はたぶん今日は趙王に拝謁しているはずだ。明日は宴があり、黄氏の滞在は明後日までだろう」

「それにしても――」

鮮乙は呂不韋をみなおした。

「それにしても、とは」

「仲さまは、肝が太い」

実感の声である。つい一年前の呂不韋とは別人の呂不韋が鮮乙の目前にいる。

「鮮乙の薫陶《くんとう》のおかげだ」

これも真情の声である。この旅の同行者が鮮乙でなければ、呂不韋はあいかわらず畏縮した想念のなかで背をまげうつむいたままの少年であるにちがいない。そうしたおもいが鮮乙にしみてゆき、鮮乙の目がうるんだ。

「三年後にお迎えにまいります」

鮮乙はなごり惜しそうに鮮芳の家を去った。が、三年後には呂不韋は邯鄲にはいない。そのことを呂不韋自身が知るはずはなく、まして鮮乙が予想することはできなかった。

三

けっきょく呂不韋《りょふい》は鮮乙《せんいつ》と鮮芳《せんほう》の兄妹に百鎰《いつ》の黄金をもたらしたことになり、すでに三十鎰を入手した鮮芳は、呂不韋が一金もうけとらないことを知って、

――この童子は大物になる。

と、予感したらしく、いよいよ優待した。

その呂不韋に、はればれとした表情の黄歇《こうけつ》と藺相如《りんしょうじょ》とが会いにきた。

「大慶に存じます」

いきなり呂不韋は黄歇に祝辞を述べた。使命を果たしたという黄歇のすがすがしさなのである。そこから推理されることは、

――趙《ちょう》は楚《そ》と密約をむすんだ。

という事実である。密約といったが、秦《しん》の諜報《ちょうほう》能力のすさまじさからすれば、それがいつまで秘密のままでいられるか疑問である。そうおもった呂不韋は、

「陀方《たほう》という姓名にこころあたりはありませんか」

と、ふたりに訊《き》いた。

「きかぬ姓名だが……、その者は、何者か」

と、黄歇は眉をひそめた。

「あなたさまから和氏《かし》の璧《へき》を奪った者のひとりであるとおもわれます」

これには藺相如が大いに関心をしめした。

「仲《ちゅう》どのはその男の貌《かお》をごらんになったか」

陀方が盗賊か他国の諜者《ちょうしゃ》であれば、その男の貌を画《か》かせて、関所や邑の門に配

布し、捕らえることができる。

「いえ、残念ながら、男は笠をかむっており、しかとわかりません。女づれでありましたが、女のほうの容貌もさだかではありません」

「女づれか……。それだけでも手配のしようがある」

　藺相如はすぐに立ち、

「官衙《かんが》へゆき、ここにもどってきたら、仲どのを客として迎えることにする。そのつもりで──」

と、いいおいて、黄歇の応接を鮮芳と呂不韋にまかせた。

「わしもゆっくりはしておれぬ。とにかく呂氏と鮮氏に礼をいいにきた」

　黄歇は鮮乙にも会いたいようであった。

「鮮乙はすでに陽翟《ようてき》へ旅立ちました」

「そうか……。藺氏からきいたが、残りの黄金は、毎年、鮮氏がわが家へとりにくるのだな」

「ご迷惑でなければ、そのようにおとりはからいください」

「迷惑であろうか。いつきても渡せるように臣下にはいいつけておく」

「ご高配、かたじけなく存じます」

「ところで、呂氏には、その黄金はすこしでもまわってゆくのか」

「璧をみつけたのは鮮乙であり、わたしの功はいささかもありません。したがって、一金も欲しいとはおもいません」

呂不韋がそういうと、鮮芳が口をはさんだ。

「どうしても、うけとってくださらないのですよ」

黄歇はしずかに笑った。

「呂氏はふしぎな人のようにおもわれる。黄金をふくんだ石を邯鄲《かんたん》にはこぶことによって、天下の名宝を発見し、そのことによって人を助け、さらに、そのことによって黄金を入手し、吝《お》しげもなく鮮氏にさずけた。おそらく呂氏は和氏の璧や黄金より貴重な物を得たのであろう。ちがうかな」

「ご高察の通りです」

呂不韋はかすかに破顔した。鮮芳は小首をかしげた。

「呂氏の心志《しんし》にある高芬《こうふん》はわしにかよってくる。それはそれとして、呂氏に礼意を述べただけで去るのは、心苦しい。そこでだが……」

と、黄歇は小さな革の袋を袂《たもと》からとりだして、呂不韋の膝もとにすすめた。

「なかをごらんにならなくてよい。わたしの心がはいっているとおもっていただきたい。万一、呂氏がわたしとおなじように苦境に立つことがあったら、あけてみられよ。お役に立つかもしれぬ」

掌《てのひら》におさまるほどの袋である。革の紐がついている。

「喜んでいただきます」

呂不韋は紐を首にかけ、袋を懐中におさめた。その逡巡のなさもさわやかなもので、黄歇は感に堪えぬように、

「呂氏が商估《しょうこ》の道を歩《あゆ》まれるなら、大賈《たいこ》となろう。官途を歩まれるなら、大臣となろう。藺氏は傑人にはちがいないが、身分が低い。その客では、なにかと不都合であろう。よかったら楚にこられよ。わしには呂氏を客として迎えるだけではなく、楚王に推挙する用意がある」

と、声を高めていった。黄歇はのちに楚を背負って立つ男であるだけに、さすがの慧眼《けいがん》というべきであろう。その声に真情がひびいている。充分に人を打つ力がある。

呂不韋の眼底が湿った。

肉親のいる家のなかではそういう情語にふれたことがない。つめたいといわれる世間にでて、はじめて人の温かさを知った。藺氏にしろ黄氏にしろ、情殷《じょういん》とよぶ

べきものをもっている。利害をつきぬけたところで人を動かす力を秘めている。それが徳であるといわれればそうかもしれず、あるいは、それは徳とはちがうといわれればそうかもしれない。が、人を惹《ひ》きつける力であることにちがいはない。むしろ呂不韋にも情殷があり、あるいは情の烈しさや熱さでは黄歇にまさるであろう。藺相如も黄歇もそのことを呂不韋に気づかせてくれたものの、呂不韋の賢明さは、あふれるばかりの情はおのれをも溺死させてしまうことを自覚したということである。世を渡ってゆくには知という橋や舟が要《い》る。それがわかったということが、和氏の璧や黄金より貴重な物を得たということになるであろう。

――楚は尚学の地ではない。

それゆえ楚へは往《ゆ》かぬ、とはいいにくい呂不韋は、

「ご厚意に甘えるときがあるかもしれません」

と、黄歇に婉曲《えんきょく》にこたえた。

それからしばらく黄歇は鮮芳と話をし、藺相如がもどってくると席を立った。呂不韋は退室し、衣類を嚢《ふくろ》につめ、その嚢をもって鮮芳に礼をいった。

「どうかいつでも立ち寄ってくださいね」

鮮芳はなごりおしそうであった。

家の外で黄歇は藺相如にむかって、

「数年したら、わたしが呂氏をもらいうけにくるかもしれぬ。それまで藺氏にあずけておく」

と、微笑をふくんでいった。藺相如も微笑を浮かべ、

「そうなりますか。呂氏は独立の志《こころざし》をもっている、とわたしにはみえる。たがいの網にはかからぬ鵬《おおとり》になっているかもしれません。そうでなければ、趙王の臣にさせてみましょう」

と、かるくいどむようにいった。

「ははあ、たがいに和氏の璧をみつけたようなものだが、さて、この璧は楚へくるか、趙にとどまるか」

黄歇は呂不韋に目をとどめ、それからおもむろに馬車に乗った。鮮芳の家の外で黄歇の従者は馬車をそろえて待っていたのである。その馬車が走り去るのを見送った藺相如は、

「今日から仲どのはわしの客だ。わしにとって最初の客でもある。わしも客をもてるようになったか、とおもえば、仲どのはわが家を宏《おお》きくしてくれる吉瑞《きつずい》かもしれぬ」

と、口調を明るさで染めた。

藺相如は趙王の臣下の臣下で、すなわち陪臣である。臣僕をもっているにせよ、その数は五人以下であろう。家も大きくないはずで、家産にゆとりがあろうとはおもわれないが、呂不韋はあえて藺相如という人格の奥ゆきの深さに踏みこんでみたくなった。むろん、多少のあつかましさはある。客というのは、衣・食・住のうち、その家の主人から食と住とをあたえてもらうので、金をもたなくても生きてゆける。しかも家臣ではないので、勤務からまぬかれている。気楽といえばこれほど気楽な境遇はない。その気楽さを愛する者たちは、貴門にむらがった。斉《せい》の靖郭君《せいかくくん》と孟《もう》嘗君《しょうくん》の父子が客を優遇したことから、天下の流行となり、当下、趙では恵文王《けいぶん》の弟の平原君《へいげんくん》が数千人の客をかかえて、孟嘗君の声名に比肩しようとしている。が、平原君にしろ孟嘗君にしろ、王族の出身で、領地をもち、国政の枢要をにぎっている。かれらとはくらべものにならない卑賤さにある藺相如のもとに客として滞留するのは、呂不韋としては心苦しいが、鮮乙が去ったあとに鮮芳家にとどまることはできず、邯鄲で学問をしたいので、藺相如にすがるほかはなかった。そのあたりの心情を藺相如はさりげなく理解してくれているようである。

呂不韋は鮮芳から贈られた絹の衣服を着ている。

「少々家人をおどろかしておきたい」

という藺相如の意望に従ったのである。商人の子であるとわかると、臣僕のさげすみを買うので、

「韓《かん》の呂氏」

とだけ家人には告げてあると藺相如は、家にはいるまえに念をおした。呂不韋は美童であるから、衣服と履《くつ》とを上等なものにすれば、りっぱに貴族の子として通る。客というのは成人であるのがふつうであり、未成年の者が客であるのは奇妙におもわれるため、

「ある事情があって、貴門の子をおあずかりする」

と、家人におもわせるのが藺相如の狙いであるらしい。

ところで藺相如の家は呂不韋がおもっていたより矮小《わいしょう》なものではなかった。門を通ると、僕人《ぼくじん》がみえた。かれはすぐに趨《はし》ってきて、ふたりに頭をさげた。

「客人をおつれした。そそうのないように」

藺相如にそういわれて、ふたたび頭をさげた僕人は、

「おいいつけ通りに、一室をととのえてあります」

と、いい、しりぞいた。

その室《へや》というのは、独立した棟で、臣僕の宿舎とはちがうようである。

「この家は主君からゆずられたので、この棟にたれが住んでいたのかは知らぬ。もとは廟《びょう》であったかもしれぬが、人が住めるようになっている。どうか、ぞんぶんにおつかいください」

室内は清潔であった。呂不韋が藺相如にあらためて礼をいうと、

「はは、じつは礼をいわねばならぬのはわしのほうで、和氏の璧がわが王室の府庫におさめられたので、その件で、わが主君は褒美をさずけられ、わしにも下賜《かし》されたものがあった」

と、藺相如はかくしだてのないところをしめした。

「すると、もう陀方という男は、和氏の璧には手がだせなくなったわけですね」

「仲どのは、魏毋《ぎぜん》という名を知っておられるか」

「秦の宰相でしょう」

「それなら話がはやい。陀方と連れの女は、魏毋の手の者だろう。わが国と楚とが結ぶことのないように、手を打ったのだ」

「陀方はいちどは手にいれた和氏の璧をうしなったので、黄氏を遠くから見張っていたはずです。黄氏に近づく者がいなかったので、その見張りを解いたかもしれま

せんが、帰途の黄氏の表情を目撃することがあれば、使命を果たしたことは瞭然であり、趙と楚との同盟が成りつつあることを、まもなく魏冄に報《しら》せるのではないでしょうか」

「なるほど」

陀方を捕らえないかぎり、呂不韋の観測どおりになりそうである。その観測を藺相如が展《ひろ》げるとすれば、秦は趙の背約を誚《せ》め、兵馬をむけてくるであろう。ふたたび趙は西方からの脅威にそなえねばならない。

——和氏の璧は、趙にとって、吉か凶か。

藺相如はそんなことを考えはじめたが、まさか和氏の璧が自分に大凶と大吉とをもたらすものになろうとはおもいもおよばなかった。

道家《どうか》入門

一

藺相如《りんしょうじょ》の家に落ち着いた呂不韋《りょふい》は、あらためて、

「学問をしたい」

と、いった。藺相如もそのことはわかっており、邯鄲《かんたん》に住む学者をすでにしらべていたらしいが、ある日、興奮ぎみに、

「慎子《しんし》がいることがわかった」

と、呂不韋に語《つ》げた。慎子は斉《せい》の稷下《しょくか》で大臣なみの待遇をうけていた道家《どうか》の大学者である。ただし呂不韋は、道家といわれても、よくわからない。

「黄帝《こうてい》や老子《ろうし》を尊崇《そんすう》している学派で、道をきわめようとしているので、道家という」

と、藺相如はおしえてくれたが、呂不韋にとってはわからないことがふえたにすぎない。黄帝や老子を知らないのである。また、道をきわめる、といわれたことが、もっともわかりにくかった。

——むずかしそうな教学だ。

と、感じ、なかば腰がひけたが、藺相如につきそわれて束脩《そくしゅう》を納めに行った。すでに藺相如は慎子に会い、呂不韋の入門について、許諾を得ているらしい。

「仲《ちゅう》どののような新入生は、じかに先生の教えをうけるわけにはゆかない。弟子のどなたかが仲どのの師となる。が、今日だけは、慎子はお会いくださる」

商家でもおなじことである。店で働きはじめたばかりの者が、いきなり店主の指示を仰ぐことはない。店主を佐《たす》け、商売を熟知している店員が新人を教えこむのである。呂不韋はそれを想い、藺相如のことばを理解した。

呂不韋がみた慎子は老学者であった。

さて、慎子の名は到《とう》または広《こう》という。ふつう慎到と記される。田駢《でんべん》とならぶ道家の巨人である。斉では、殺された湣《びん》王の父の宣《せん》王が、文学や哲学を好み、これはとおもった学者に屋敷と爵位をさずけて殊遇《しゅぐう》した。特別待遇の学者は七十六人いたといわれる。慎到もむろんそのなかのひとりであったが、湣王が軍事国家に国体をあらため、諸学者の意見を聴かず、ついに諸侯によって討伐をうけるにおよんで、稷下に住んでいた学者たちは分散逃亡した。慎到も戦渦《せんか》からのがれでた。そのあたりのことを、のちに『塩鉄論《えんてつろん》』は、

慎到、接子《しょうし》は亡《のが》れ去り、田駢は薛《せつ》に如《ゆ》き、孫卿《そんけい》は楚《そ》に適《ゆ》く。

と、述べている。接子は捷子《しょうし》とも書かれ、やはり道家の学者である。田駢が行った薛は孟嘗君《もうしょうくん》の領地である。孟嘗君は宣王のときに斉の宰相をつとめたが、湣王とは適《あ》わず、迫害されたため、魏《ぎ》へ亡命し、要職にあった。諸侯の軍が斉軍を撃破し、湣王が横死したあと、薛にもどったようであるから、このころ孟嘗君は薛にいたのかもしれない。ただし田駢が薛に奔《はし》ったのは威《い》王（宣王の父）のころであると『淮南子《えなんじ》』にはあるが、どうであろう。孫卿とは荀子《じゅんし》のことである。荀子の名は況《きょう》といい、慎到とおなじで趙《ちょう》の出身である。この大儒が、孫卿とも孫子《そんし》ともよばれることで、その「孫」とは何であるのか、議論の的になった。氏がふたつあることで考えられることは、たとえば春秋時代、鄭《てい》の賢相であった子産《しさん》は、名を僑《きょう》というが、氏が国《こく》氏であるので、国僑と書かれてもよいのに、ふつう公孫僑《こうそんきょう》と書かれる。

君主の孫にあたるからである。したがって荀子の場合も、公孫況と書かれてもよい氏をもっていて、公の字がはぶかれたか、または、先祖の名のなかに、孫、がふくまれていたか、のどちらかであろう。

とにかく、斉の臨淄《りんし》陥落は、優秀な学者を四散させたのである。

慎到は道家における大賢にはちがいないが、たとえばかれは、

——法は善ならずといえども、法なきに愈《まさ》れり、人心を一にする所以《ゆえん》なればなり。

と、述べ、法を尊重する点において、法家《ほうか》ともいえる人である。道家は国力を考えるとき、主力は大衆にあるとみる。ただし大衆の力がばらばらでは国は弱体なので、その力を結束させるために法が必要であるというのが慎到の主張である。慎到の著作である『慎子《しんし》』のなかに、

天子を立てるは天下の為《ため》なり
天下を立てるは天子の為にあらず

という、主権を万民に置いた説示《せつじ》がある。民主主義のさきがけがここにあるといってよいであろう。ただし慎到の思想は、韓非子《かんぴし》に吸収され、変質させられ、支配

者の法理に転位したため、かれの斬新さが希薄になったといえなくない。ちなみに司馬遷《しばせん》の『史記』の「列伝」のなかで、第三が「老子韓非列伝」であることは、老子と韓非子のあいだに慎到をさしはさめば、なんら奇妙ではない。

その慎到に呂不韋は会った。

余命が十年未満のこの老大家は、呂不韋に入門をゆるしたあと、

「取るということと、受けるということを、よくよく考えることだ」

と、かんでふくめるようにいった。

呂不韋は拝手した。

その声は腹のなかでひびいたような気がした。おなじことをほかの人からいわれても、さほど感銘を受けないかもしれないのに、慎到がいえば荘厳さと浸透力とを感じる。人がそなえうる精神力とそのありかたのちがいを呂不韋はわずかな面会のなかで知った。

この日から呂不韋は慎到の門下生になった。

大衆の力にめざめるきっかけがここにあったといってよいであろう。

二か月ほどして藺相如は呂不韋に、

「陀方《たほう》と女はすでにわが国をでていたようだ。それらしきふたり連れを発見するこ

とができなかった」

と、いった。

「では、和氏《かし》の璧《へき》が趙に渡ったことを、秦《しん》が知ったとお考えになったほうがよろしいのではありませんか」

「仲どのは、ものごとを悲観視する性《たち》か」

「自分の性質はよくわかりません。が、老子のことばに、善い士というのは、猶兮《ゆうけい》として四隣を畏《おそ》るるが若《ごと》し、とあることを教えられました。猶とは、ためらったり疑ったりすることでしょう」

「はは、さっそく、やられたか。なるほど、士は決断の人ではない。決断は王と大臣とがする。そのしたにいる士は、おのれの道をさぐるために、つねに断定を避け、四方に敵がいると想定して、変事や危難にそなえておかねばならない。道家は無用の用を説くときいたが、なかなか有益なことをいうものだ」

と、藺相如はほがらかにいった。

――無用の用とは……。

いま呂不韋の耳はつぎつぎに新しいことばを意欲的にとらえている。道家が何であるのかを知らず、慎到がいかなる人であるのかも知らなかったが、教場にかようことは苦痛ではなかった。呂不韋を教諭してくれる慎到の弟子が、呂不韋の美しさにまずおどろき、つぎにこの美童に稟性《ひんせい》の佳《よ》さがあることに気づいて、

――道家を発展させるひとりになるかもしれぬ。

と、おもったこともあってか、頭から教義をたたきこむような荒さをみせず、むしろ呂不韋の疑問をはじめにきき、それにいちいちこたえてゆくうちに、教養を織りこむという懇切《こんせつ》な教えかたをした。のちの呂不韋の生きかたをみると、道家の思想にかぶれたわけではないことがわかるが、ある程度その思想に染められたことはたしかで、道家に大いに同情をいだいた時期があったことはいなめない。

このとき、呂不韋は道家の思想の端緒をつかんだにすぎないが、道家の思考のめぐらしかたに大いに興味をおぼえ、自分の思考に幅ができつつあることを感じた。

たとえばかれの師である人は、慎到のことばを引き、

「孝子は慈父の家に生まれず、忠臣は聖君の下に生まれず、と先生は説かれます。親孝行の子にはなさけ深い父がいるはずがなく、名君がいれば必死に忠誠をつくす臣がいるはずはないのです。わかりますか」

と、おしえてくれた。

呂不韋は、自分が孝子であるとはおもわず、自分の父がいわゆる慈父であるとも

おもわない。父が慈父でないのなら、自分は孝子になるべきであるが、慎到はそれを弟子に強要する人ではない。そこが儒家《じゅか》とはちがう。あえていえば、慎到は認識の方法をおしえてくれているようである。

なさけ深い父がいて親孝行の子がいる、あるいは、名君がいて忠臣がいる、そういう家族や君臣のありかたはたしかに理想であり、儒家はその理想を説く。だが、現実は、なさけ深い父であれば、世間がたたえるような親孝行を、子に要求しないであろう。その子は親にいたわられるほうが多いであろう。名臣もまたしかりである。名君であれば、臣下がいのちを棄てて忠をつくすような危機を、現出させるはずがない。

それだけのことを教えられただけで、呂不韋は、いままで漠然とした視野にあった世間とそこで生きる人のありかたが、くっきりとみえるようになった。

その目で、和氏の璧をふりかえると、かえって解《げ》せぬことがみえてきた。

たとえ和氏の璧が天下の名宝であっても、その名宝ひとつで、趙の国策が右から左へ変わるはずはない。すると趙王を説いた黄《こう》氏の弁舌がなみはずれていたのか。あるいは、ほかに理由があったのか。

「猶兮としているのは、むしろそのことについてです」

呂不韋がそういうと、藺相如は目をみはった。それから、つぶやくようにいった。

「仲どのを賈人《こじん》にさせるのは惜しい」

二

藺相如《りんしょうじょ》は呂不韋《りょふい》という少年の思念のめぐらしかたに、ふと、空恐ろしさをおぼえた。

——政略がわかるのか。

というおどろきもあった。藺相如は繆賢《びゅうけん》に仕えている。繆賢は宦官《かんがん》の長であるので、王宮の奥むきに精通しており、恵文王《けいぶん》につねに近侍しているので、政治と外交の要枢《ようすう》がおのずとわかる。宦官は政策に口だしをしないのがたてまえであるが、信頼している者の意見をききたくなるのが人情であり、恵文王もつい繆賢に諮《はか》るときがある。おなじような人情は繆賢にもあり、王の諮問にそなえるため、舎人《しゃじん》のなかで見識の高い藺相如にしばしば問いをむける。それゆえ藺相如は陪臣でありながら、国策における秘事さえうかがい知ることができる。

恵文王が離宮にでかけるまえに、斉《せい》からの書翰《しょかん》が王室にとどいた。その書翰をし

たためたのは、
　蘇厲《それい》
という従横家《じゅうおうか》（縦横家）のひとりで、かれは斉で暗殺された蘇秦《そしん》の弟であるといわれているが、書翰の内容は国際情勢の分析と趙《ちょう》の政略への意見である。
その趣旨は、趙は秦《しん》との同盟をやめるべきである、ということであり、ほんとうの主旨は、斉を攻撃している趙軍を引いてもらいたい、ということである。
すなわち斉を攻めたいという願望は燕《えん》の昭《しょう》王の宿志《しゅくし》といってよく、昭王が楽毅《がっき》という名将を臣下にくわえたことにより、その願望を実現させるべく行動をはじめ、魏《ぎ》に亡命していた孟嘗君《もうしょうくん》が昭王の意向をうけいれたことにより、実現に一歩も二歩も近づき、ついに秦の昭襄《しょうじょう》王が昭王に同情し、斉の攻略を主導するにおよんで、趙も韓《かん》も足なみをそろえた。
　が、蘇厲は、昭襄王の狙いが、斉の攻略だけにあるわけではないと説く。斉を攻めるための兵を、韓から徴集している事実は重要で、けっきょく斉を滅亡させると同時に韓を奪い、兵馬をまたたくまに趙の国境に出現させる。つまり趙が秦に手を貸して斉を攻めるのは、秦に趙を攻めやすくさせるようなもので、まるで自分の手で自分の首をしめるような行為ではあるまいか。

この書翰は五国が連合して斉を攻める直前に書かれたもののようであるが、かなりおくれて趙にとどいた。王はみずから書翰に目を通すことはない。近侍の史官が読みあげるのである。その場に繆賢もいた。

史官の声がやんでも、恵文王が黙考をつづけたということは、蘇厲の見識に打たれたということである。

趙は、五国が連合して斉に兵馬をむけるまえに、趙梁《ちょうりょう》を将として斉を攻め、さらに韓徐《かんじょ》に旗鼓《きこ》をあずけて斉を侵し、この年も、廉頗《れんぱ》に大軍を率いさせて黄河の下流域に残存している斉の兵力を撲滅させようとしている。

そのことが斉の滅亡をはやめさせることはたしかであり、滅亡後の斉を五国で分《ぶん》轄《かつ》するのはよいとして、韓が滅亡すれば秦の郡となることはあきらかで、趙には何の利益もない。それどころか斉と韓の旧領に秦の邑がいくつも造られれば、趙は東西で秦と国境を接することになる。蘇厲が文書で指摘しているように、

――韓の上党《じょうとう》(黄河以北)は、邯鄲《かんたん》を去ること百里なり。

と、上党に秦軍がはいれば数日で邯鄲を攻めることができる。また、北隣の国の燕は斉の北部を取るであろうから、秦と結託して趙を攻めることになれば、趙は南(魏)をのぞく三方を二国の兵にふさがれてしまう。

恵文王はすこしまなざしをあげ、

「賢よ、蘇子《そし》の書をどうおもうか」

と、意見を求めた。繆賢には蘇厲が斉の大臣にたのまれて、趙軍の侵攻を軽減させようとしている意図がありありとわかる。しかしながらその文書にある情勢分析と予想とは卓抜なもので、趙の首脳が近くの利をつかもうとするあまり、遠くの危うさに気がつかないことを警告してくれている。

「恐れながら愚見を申し上げます。蘇子の書に詐妄《さぼう》の辞がないかぎり、斉の滅亡後、数年のうちに蘇子の見通しは現実のものとなりましょう。楚《そ》が五国にくわわらず、ひそかに斉を援《たす》けようとしたのは、同様の危懼《きく》をいだいたからでありましょう」

「なるほど、そうであったか」

「いま斉は滅亡寸前にあります。その斉を滅ぼすのがよいか、はむずかしいところにあります。とにかく斉の地の大半を当今おさえているのは燕であり、その燕とあらたに盟《ちか》いをなさり、南の魏と修交なされば、わが国が三方から敵をうけるような危殆《きたい》に瀕《ひん》することからまぬかれましょう」

「ふむ……」

うかうかと秦の誘いに馮《の》ると墓穴を掘る。そういう自覚の生じた恵文王は、貴臣や王族を随《したが》えて離宮にゆき、国策の転換をはかった。そのあたりの事情は、繆賢の片言《へんげん》から、藺相如はたやすく察することができた。恵文王に随行した繆賢が帰宅したとき、

「楚王の使者が和氏《かし》の璧《へき》をたずさえ、わが王のご帰還を待ちかねております」

と、藺相如がいった。それをきいた繆賢の喜びようは特別であった。楚王の使者が困難におちいり、助けを繆賢に求めにきたこととその困難を藺相如が解消したことのふたつの事実が、繆賢を大いに満足させた。

「わが名は、楚にもとどいていたか。それにしても手際がよい」

すこぶる機嫌のよい繆賢は、藺相如を褒め、ついでに、

「他言はけっしてならぬ」

と、離宮における会議のあらましを語った。決定事項が三つあったといえる。ひとつは、すみやかに燕と訂盟をすることである。訂盟は訂交といいかえることができる。つまりまじわりを訂《むす》ぶことである。そのために、恵文王はいそぎ燕の昭王と会見をおこなう。

さらにひとつは、魏との訂交をより堅固なものにすることで、これについては大臣が魏へおもむく。

さいごのひとつは、斉の昔陽《せきよう》を攻めている廉頗に命じて、趙軍を引き揚げさせることである。昔陽は邯鄲のはるか北方にあり、旧中山《ちゅうざん》国にあった邑であるが、趙が中山を滅亡させる際に斉軍も協力した事実があり、中山の東辺の邑を斉が取ったのであろう。五国の軍に大敗した斉は、その国土をあらかた連合軍にふみにじられても、昔陽のように絶望的な抗戦をおこなっている邑があるのである。

「廉頗将軍は誇り高い人ですから、おそらく昔陽を攻め落としてからでなければ、帰還しないでしょう」

と、藺相如は、趙軍の撤退がおくれる見通しを述べた。

「王命をこばむとは、不遜の極《きわ》みである」

繆賢はひげのない口もとに皺《しわ》をつくった。

「昔陽を取れ、というのも、王命であったはずです。戦場に臨《のぞ》んだ将軍は王命さえこばむことができるというのは、古今を問わず、軍事の常識です。廉頗将軍が王命にしたがわぬといって、誚《せ》めれば君臣に冷えた嫌隙《けんげき》が生じ、将軍にしたがっていた兵の壮武がついえ、そのあたりを狡猾《こうかつ》な秦に衝《つ》かれます。むしろ昔陽を落とした廉頗将軍を王は大いに賞されるべきです」

「ふうむ……」

口をますますゆがめた繆賢は、しかし内心では、

――この者のいう通りである。

と、すばやく明察をおこない、恵文王へ進言する内容をととのえていた。繆賢の口もとが急にゆるんだ。楚王の使者が邯鄲に到着していることである。

――吉祥がころがりこんできたわい。

かれは王のために喜んだ。秦がさしかけてきた傘からはなれると矢の雨に遭《あ》う。が、かわって楚が傘をひらいてくれたようなものである。

「それにしても、和氏の璧をもたすとは、楚王は、よほどおもいきったものだ」

楚の危機意識がそれほど高いということである。繆賢はさっそく黄歇《こうけつ》に会い、恵文王への謁見をとりはからった。

「これが和氏の璧か。おもいのほか小さなものであるな」

和氏の璧は天下の至宝であるがゆえに、名が大きく、実物はそれにふさわしく両腕でかかえるような巨大さであるという予想が恵文王にあったのであろう、掌《てのひら》のうえで燦《さん》とかがやく円形の宝石に、意外な面持ちをむけたが、しばらくみいっているうちに、小さくため息をつき、

「王者の瑩《ひかり》とは、こういうものかもしれぬ。仁、義、礼、智、信は人のなかにあっ

て、人をかがやかせるが、この璧にはそれらすべてがこめられている」

と、感嘆した。ここから趙と楚の訂交が生じたのであるが、むろん趙の国策のむきをかえたのは、和氏の璧ひとつの力ではない。

藺相如はそのことを充分に承知していた。ところが呂不韋がそれに言及したので、あらためてこの少年の鋭敏さにおどろいたのである。

三

おなじころ秦《しん》の宰相である魏冄《ぎぜん》は自邸において若い女と壮年の男に会っていた。男は陀方《たほう》である。

女にむかって魏冄は、

「景氏《けいし》」

と、いうばかりで、その名はわからない。その容貌をまっすぐみれば、髪は緑《りょく》髪《はつ》といってよいほどつやがあり、肌膚《きふ》は日にやけたせいで赤みをおびているがもともと皎《しろ》く、眉目に冴えがある。とくに目は強い光をもち、この女がなまやさしい幼年期をすごしてこなかったことを暗に告げているが、目の表情に華やかさと寂《さび》しさとを同居させているところに特徴がある。

「すると、楚《そ》の黄歇《こうけつ》は趙《ちょう》王に謁見し、いまごろは復命しているか」

魏毋の目は底光りしている。

「穣《じょう》侯さまのお力になれず、心苦しいかぎりです」

と、女はうつむいた。

「いや、気にすることはない。楚と趙がひそかにむすんだことを知っただけでも、功はある」

「いったんは、和氏《かし》の璧《へき》を手にいれたのに、草賊め、欲心をふくらませ、われらから璧を盗みおった。わずかな隙を衝《つ》かれ、恥じいるばかりです」

「陀方の目を盗むとは、たいした草賊ではないか。それで……、けっきょく、和氏の璧は、趙王の手中に納められたのであろうか」

その点があいまいである。

「黄歇から目をはなさぬようにしていたのですが、草賊が和氏の璧を売りつけようと接近したことはなく、黄歇は困りはてたようすで、繆賢《びゅうけん》の家へゆき、それから繆賢の臣下とともに、商家へゆきました」

と、景氏は記憶をたどるようにいった。

「繆賢は趙王の宦官《かんがん》だな。その家臣は、なにゆえ商家へ行ったのであろう」

「そこまではわかりかねますが、商家は、冥氏《めい》といい、織物で巨富を得ている者のようです」

陀方は冥氏についてしらべたのである。

「繆賢にとりいって、王室にも賈市《こし》を展《ひろ》げようとする者か。その賈人《こじん》に、和氏の璧をさがさせようとしたとみえる」

「御意……黄歇がでかけたのは、その夕《よる》のみで、あとは旅館にとじこもっておりました」

「とじこもっていた……ふむ、そこが妙だな」

「と、仰せになりますと――」

陀方は眉を寄せ、すこし目をあげた。

「黄歇は和氏の璧を失ったことを繆賢にうちあけ、繆賢の臣下がそれをさがしはじめた。冥氏も家人をつかって情報を得ようとした。そのあいだ、黄歇は市をのぞきにもゆかず、他人《ひと》まかせにしていた。奇妙だとはおもわぬか。わしが黄歇の立場であったら、配下とともに、履《くつ》がすり切れるほど、都内をさがしまわる。居ても立ってもおられぬはずであるが」

「はあ……」

と、陀方はまなざしを虚空にただよわせはじめた。何かをみのがしたのではないか、と思い返しているのであろう。

「まあ、よい。趙と楚が手をにぎりあったのであれば、その手を切らせるまでだ」

そういった魏冄は、このあとすぐに昭襄《しょうじょう》王に面謁し、

――楚王と会見なさいませ。

と、進言し、いちどは楚の邑の鄢《えん》で、さらに自分の封邑《ほうゆう》である穣で、昭襄王と頃《けい》襄《じょう》王の会見を実現させてしまう。そのはやさと念のいれかたはいかにも魏冄の性格をあらわしており、かれの一存で昭襄王を右にも左にも動かせる実力をそなえていることだけをみても、かれが秦の運営者であった。

「さて、景氏」

魏冄はけわしさを解いて、目のまえの女に微笑をむけた。

「わが姉である太后《たいこう》は、景氏の兄妹の消息を知り得たことをお報《しら》せすると、涙をながして喜んでおられた。景氏を近侍させるわけにはゆかぬか、とご諮問もあった。そこであらためて問うのであるが、太后に仕えてくれようか」

「かたじけない仰せでございます。兄とわが身を太后さまがご案じくださったこと

を知っただけで、身がふるえるほどの喜びをおぼえております。兄とわたくしは穰侯さまのご恩にむくいようと、陀方に協力したものの、はかばかしい成果が得られず、じつはここに参るのをためらっていたしだいです」

　景氏はわずかに頭をさげた。

　その話からすると、呂不韋《りょふい》と鮮乙《せんいつ》の視界のそとで、景氏の兄が和氏の璧を追っていたことになる。

「いや、和氏の璧の件と景氏を招いた件とはべつです。陀方を手助けしてくれたことに、わしのほうが礼をいわねばならぬ。それで、芃《ほう》どのは、穰へゆかれたのですな」

　芃というのが、この女の兄の名であろう。

「はい。兄は穰侯さまにお仕えすることができるとわかり、天にも昇るここちで、はやく穰侯さまのお役にたちたいと勇んでおります」

　女の目に明るさがひろがった。

「そうか。これで景氏兄妹の処遇はきまったようなものだが、ひとつ、用心のために、景という氏をほかの氏にかえておきたい。わかりますな」

　魏冄は女の目をのぞきこむようにいい、女がうなずくのをみて、

「兄妹がいたのは、葉邑《しょう》ですから、葉氏ということにしよう。あなたが葉偲《しょうし》で、兄が葉芃であれば、まず気づかれまい。秦というのは、法がすべての国であるから、親の罪で子も罰せられ、往時の罪でも消えることはない。用心しておくにこしたことはない」

と、さとした。

それから葉偲に宮中、とくに後宮についておしえ、

「明日、太后にまみえてもらおう。今日は、ゆっくりやすまれるがよい」

と、いい、退室させた。残った陀方に、

「なんじは数日したら、趙の藺《りん》をさぐるべく、発《た》ってくれ。配下の人選はまかせる」

と、命じた。拝礼した陀方が去ったあと、魏冄はふくみ笑いをし、

「さて、趙をゆすぶってみるか」

と、つぶやいた。

ところで、魏冄、太后、葉氏兄妹、陀方の関係を略記しておく必要があるであろう。

魏冄のいう太后とは、宣太后《せんたいこう》、のことで、秦の昭襄王の生母である。すなわちい

まの秦王を産んだ人が、魏冄の姉なのである。
かつて宣太后が秦王に嫁《か》したとき、その秦王とは恵文《けいぶん》王であり、かの女は正后ではなく、
「八子《はっし》」
であった。秦の后妃には爵位があり、
王后、夫人、美人、良人《りょうじん》、八子、七子、長使、少使
という尊卑である。宣太后は、羋八子《びはっし》とよばれ、最上位の王后からかぞえて五等にいたのであるから、身分はさほど高くなかったといえる。それでも羋八子は、恵文王とのあいだに、三人の子をもうけた。のちの昭襄王、高陵君《こうりょうくん》、涇陽君《けいようくん》の三人がそれである。
恵文王が亡くなったあと、王位を継いだのは、昭襄王の兄にあたる武《ぶ》王である。むろん昭襄王と武王とは母がちがう。その武王が急逝したとたん、後継を争って諸公子がむらがり立ち、秦に内乱が生じた。どうでもよいことであるが、王の子を、王子と書かず公子と書くのが伝統的な書式である。王女のことを公女とかくのもお

なじ書式にしたがったものである。

魏冄は恵文王や武王に重用されたという実績をもち、宰相の樗里子《ちょりし》の同情を得て、姉の子を衛《まも》って戦い、ついに反勢力を排抑《はいよく》しぬいて、姉の子を王位に即《つ》けた。その勲功によって、いちやく魏冄は高位にかけのぼった。

羋八子は太后となって、わが子、昭襄王が幼いゆえに、政事をみた。

葉芁と葉偲の母は羋八子にもっとも信頼されていた侍女で、武王のときに、羋八子の瑕瑾《かきん》をさぐる者がおり、旧事から罪を抒《ひ》きだされそうになった羋八子にかわって、その罪をかぶり、処刑された。そのとき葉芁は立って歩けるようになったばかりで、葉偲は生まれてまもなかった。

手足をもがれたおもいの羋八子は、とりみだし、弟の魏冄に、

「このままでは景氏の幼児にも罪がおよぼう。なんとか生きのびさせてほしい」

と、涙ながらにたのんだ。一諾した魏冄は景氏、すなわち葉氏の兄妹をひそかにあずかり、引退まぢかの老臣に託して、出国させた。老臣には妻がおり、その老夫婦が韓《かん》の国に落ち着いたことは魏冄の耳にはいった。それから十年ほどして、老夫婦の消息がとだえた。

魏冄が大身になるにつれて、家臣の数がふえ、新参のひとりに陀方という男がい

た。よくきくと、この者の旧主が景氏であり、秦で処刑された景氏という侍女は、旧主の娘であるということであった。魏毋は陀方をつかって、各国の情報を得、ついでに消息を絶った兄妹をさがさせた。

昨年（秦の昭襄王の二十三年にあたる）、

――楚が趙とむすぶけはいあり。

という極秘の情報に接した魏毋は、陀方を楚にむかわせたところ、葉邑で兄妹を発見し、さらに、楚は和氏の璧を趙に献ずるようである、と報せてきた。

「和氏の璧を奪え」

と、陀方に命じたことはいうまでもない。が、葉氏の兄妹が陀方に助力したことは知らなかった。兄の葉芃を自領の穣にとどめたのは、幼児のころの葉芃の顔を憶《おぼ》えている者が、咸陽《かんよう》にいると、法をおかして兄妹を逃がした罪があばかれることを魏毋が恐れたからである。

魏毋は昭襄王に謁見した。

「和氏の璧をご存じでありましょうか」

「楚が誇る天下の名宝であろう」

「それをいま趙王がもっております。あの璧は天下の主が保持すべきものであり、趙のごとき小国の府庫に納められるべきものではありません。王が所持なさらねばなりません」

「趙王が、和氏の璧を……」

眉をひそめた昭襄王は、ようやくその事由を察し、不快な顔をした。

「身にすぎたものは、わざわいのもとであることを、趙王に知らしめてやりましょう。一計があります。どうか使者を趙へお立てください。かならず和氏の璧が王のお手もとにとどくようにいたします」

魏冄は自信にみちた表情を昭襄王にむけている。かれの一計によって、呂不韋の運命さえ変転させられるのである。

秦《しん》への使者

一

秦《しん》王の使者が趙《ちょう》の邯鄲《かんたん》にあらわれ、恵文《けいぶん》王に謁見した。趙にとって凶風が吹いた、というべきであろう。凶風のぶきみさはさることながら、この風の疾《はや》さも恵文王と閣臣とをおどろかせた。それはそうであろう。秦王の使者はこういったのである。

「わが王の書を持参いたしました。ご披見《ひけん》ください。諾否《だくひ》のいずれかをたまわりますまで、都下でお待ちいたします」

秦の昭襄《しょうじょう》王の親書が恵文王へさしだされた。親書といっても、昭襄王の書佐が書いたもので、その書翰《しょかん》は恵文王に近侍する史官の手に渡された。史官は声を揚げてその書を読んだ。主旨は、一点である。

――十五城を以て、璧《へき》に易《か》えん。

璧とは、いうまでもなく、和氏《かし》の璧である。

「秦の十五城をさしあげるので、和氏の璧をよこしなさい」

と、昭襄王はいっている。

恵文王は顔色をかえた。和氏の璧が楚《そ》から趙へ移ったことは、じつは趙の群臣さえ知らぬことであり、秘密のことがらなのである。ところが昭襄王は秦にいながら、その秘事を知り、疾風のごとく使者を到来させたのである。それゆえ恵文王は、書翰の内容におどろいたというより、

――わが国が楚と結んだことを、もう秦に知られたか。

と、深刻な憂愁をおぼえた。

秦とは敵対せざるをえない。その認識のもとで、隣国の燕《えん》や魏《ぎ》に外交の手をいそがしく打っているさなかである。が、この使者は恵文王にむかって、

「あなたが何をたくらんでいるか、秦は承知している。そのたくらみをつぶすのはたやすい。それでも秦を裏切ろうとするのか。もしも秦を裏切ればどうなるか、再考なさるべきであろう。とにかく、よけいなことを考えず、おとなしく秦に従っていればよいのだ」

と、無言の恫喝《どうかつ》をおこなっているといえよう。

恵文王は足もとから、恐怖をともなった冷えがのぼってくるように感じた。

「諾否は……」

と、いった恵文王の声がかすかにふるえた。諾否をここで告げることはできない。

それゆえ恵文王は、

「今日、明日のうちにだせぬことを、ご諒解あるように」

と、いい、使者をしりぞけた。しりぞけたといっても、邯鄲から去らせたわけではない。使者は返辞をもらうまでは帰らぬというねばりのある気がまえをしめしていた。

――さて、いかがいたせばよいか。

恵文王が何もいわぬうちに、大臣や近臣が暗さにまとわりつかれた首を寄せ、困惑をも寄せあった。かれらは共通のおどろきのなかにいる。和氏の璧の所在をすばやく秦につかまれたこともさることながら、その璧ひとつのために、秦が、

「十五城」

を用意したことについてである。たった一城の攻防でも、どれほど長い月日と多くの兵と大きな軍資をついやさねばならないことか。往時は、一城が一国のときも

あった。一城一国を取ることのすさまじい苦労を知っている重臣たちは、秦のような貪欲な国があっさりと十五城も趙に割譲することに、おどろきを禁じえなかったのである。むろん恵文王もおなじおどろきに染まったのであるが、そのおどろきが素直なよろこびに移行しないところが、息苦しい。たしかに和氏の璧は天下の名宝である。が、十五城との交換は、にわかに信じがたい。そういう恵文王の懐疑にかようものをもった臣のひとりが、

「秦王がまことに十五城をわが国にゆずる気があるのでしたら、みずから璧を受け取りに、邯鄲にくるべきであり、そこで十五城の地図をあきらかにすべきでありましょう。いま、秦王が璧を持参せよというのは、十五城をわが国にゆずる気がないからではありますまいか」

と、声を高くしていった。

この会議の席にいる君臣の懸念とは、まさにそれである。それをうけた大臣のひとりは、

「いかにも、秦は虎狼背信の国であります。かつて秦王は甘言をもって楚の懐《かい》王を招き、幽厄《ゆうやく》し、死にいたらしめた事実があります。それを忘れてはなりますまい。このたび、秦に使いする者は、かならず拘束され、璧をうばわれ、幽囹《ゆうれい》に投じられ

ましょう。秦王のたくらみはみえすいております」

　と、強い口調で述べた。

　――そうではあるが……。

　恵文王はうなずかない。まず、秦王を邯鄲によびつけるわけにはいかない。いま趙は秦と同盟しているとはいえ、対等の席にすわったわけではなく、盟主は秦王なのである。自分は従の立場にいて、その従が主に我意を押しつけることはできない。つぎに、秦から提示された交換条件を拒否した場合、秦王はそれを同盟の破棄とみなして、盟下にある諸侯に命じ、趙を討伐する軍を催すかもしれない。やがて秦と敵対することは覚悟をしているが、いまそうなることは、はなはだまずい。燕と魏がかならず趙の側に付くという確約を得る外交上の段階までできていない。ここで、

「否」

　という返辞を秦の使者にあたえると、趙が展開しはじめている外交を、秦はすばやく遮断する手を打つであろう。そうさせたくない趙としては、時をかせぎたい。それなら、

「諾」

　というしかない。ところが、憂慮の声が揚がったように、使者に璧をもたせて秦

へ送れば、使者も璧も帰還せず、むろん十五城を得ることができず、

——みえすいた秦の詐術《さじゅつ》にはめられるとは、趙王の愚かなことよ。

と、天下は秦の譎妄《けつぼう》を憎む以上に、趙の対処のまずさを嗤《わら》うであろう。

恵文王の沈黙と無表情とはそういうことであった。

宦者令《かんじゃれい》の繆賢《びゅうけん》もこの席にいた。

かれは宮中とりしまりの長であり、国策に容喙《ようかい》する立場にいるわけではない。そのため終始口をとざしていた。かれの最大の関心は恵文王の表情にあり、恵文王の意向にすばやく応《こた》えることしか考えていない。そういう繆賢の目には、

——王はお疲れのようだ。

と、うつった。実際、恵文王は気分がすぐれぬようで、結論を得ぬうちに、この会議をうち切った。席を立って歩きはじめた恵文王は、憶《おも》いだしたようにふりかえり、

「賢よ、なんじの申した通りになった」

と、いい、肩のあたりで嘆息した。

すでに繆賢は、

「わが国が楚とひそかに結んだことを秦は知り、なんらかのいやがらせをしてまい

りましょう」

と、恵文王の閑暇《かんか》をうかがって述べた。そのいやがらせがこのようにはやく到来するとは、恵文王も繆賢もおもわなかった。秦の宰相の魏冄《ぎぜん》のすごみをあらためておもい知らされた感じは、このふたりに共通している。

「楚の国難を和氏の璧が趙へはこんできたとすれば、災厄を払うために、璧をうち砕いたほうがよいかもしれません」

と、繆賢はおもい切ったことをいった。恵文王はかるいおどろきをしめし、

「それなら、その国難を、秦にあたえたほうがよい」

と、いってから、多少肩のあたりから重さがとれたようであった。和氏の璧がそれほど欲しければ、秦王にくれてやろう、という気になったらしい。が、秦王にたいして、城は要《い》らぬ、璧は献上する、では秦に卑屈になりすぎ、それを遠くでみている楚の君臣は、せっかくの国宝をそのようにつかわれたとあっては、

——趙は、倚信《いしん》するに足らず。

と、当然考えるにちがいない。いや、楚ばかりでなく、燕も魏も、秦から離れて趙に歩調をそろえようとしている矢先に、趙王が秦王に和氏の璧を献じたと知れば、

——まてよ。

と、疑念をおぼえ、趙王の誘いにうかうか馮《の》れぬ、と用心するであろう。

そうなると、和氏の璧は、至上の名宝どころか困難のかたまりのように恵文王にはおもわれた。うち砕くことも、秦王に献ずることも、手もとにとどめることもできない。ふたたび恵文王の肩がかたむいた。

二

会議は三日つづいても結論を得ない。

夜、帰宅した繆賢《びゅうけん》はむずかしい顔をしている。繆賢の顔をみてから自宅へ帰る藺相如《りんしょうじょ》は、

——閣議は難局をぬけられないようだ。

と、すぐにわかったが、あえてそれについてきかなかった。議題がひとつにしぼられていることは、きかなくてもわかる。

「いかに趙《ちょう》は正義を樹《た》てるか」

ということである。それをめぐっての議論であろう。議論が混乱したり紊《みだ》れたりすると、かえって抽象論となり、やがて論旨に立ちかえろうとする。いま閣内で討

論されていることは、和氏《かし》の璧《へき》がどうなろうと趙の正義を国の内外にしめせばよいということであろう。正義がしめされなければ、軍事や外交は、うまくゆくはずがない。正義をしめさない秦《しん》と対立するということは、そういうことである。

藺相如が帰ろうとすると、繆賢は黙考から醒《さ》めたような目をむけて、

「璧を、秦王に献ずることになった。いま、使者の人選にはいった」

と、いった。口ぶりに疲れがある。

「むずかしい使いです」

「たしかに、むずかしい。十五城をうけとってくれれば、かえって天下にわが国の貪欲さをさらすことになる。が、まず、それはない。十五城をうけとれないとなると、なんのための使いであったか、ということになる」

「帰国さえあやぶまれます」

「はっきりいえば、死ににゆくようなものだ。それゆえ重臣がたは、往《ゆ》きたがらない」

「いっそ朝廷において、使者として秦へ往く者を募ったら、いかがですか」

「公募か……」

繆賢は活気をよみがえらせたようである。

翌日、繆賢はその案をみずからの口ではいわず、大臣のひとりにささやいて、士の上下を問わず、秦に報答をもってゆく者を求めることを議決させた。が、すでにうわさはひろまっている。

――その使いとは、蔚薈《うつわい》にはいり、陥穽《かんせい》に落ち、枯沢《こたく》に斃《たお》れるようなものだ。

と、詩心のある者がいったが、まさにそうで、要するに至難の使いであることを群臣のすべてが知っていた。だが、かれらがことごとくおぞけをふるったわけではない。

「秦王にわが首を献ずればすむことだろう」

と、勇胆と忠誠心とを誇る者は、朝廷に名告《なの》りでた。

忠誠についていえば、趙氏を隆盛にさせた趙衰《ちょうし》から当代の恵文《けいぶん》王まで、家臣にたいして恵渥《けいあく》が篤《あつ》く、そのせいで臣下が君主を殺すという弑逆《しいぎゃく》事件がこの国にはない。あったとすれば、恵文王の父の武霊《ぶれい》王を、王族の公子成《せい》と司寇《しこう》（警察長官）の李兌《りたい》が殺したことであるが、それは謀叛《むほん》をおこした恵文王の兄を武霊王がかばったことによる、やむをえない武力行使の果てに生じた悲劇で、そのとき趙国の主は恵文王であり、父の武霊王は引退して主父《しゅほ》と名告っていたのであるから、恵文王をかばった臣下たちの敢行は、

「誅殺」

として正当化された。しかしながら、幼い恵文王の知らぬところでおこなわれた戦いであるにせよ、年を経るにしたがって、

——わしは父を殺した。

という、なんともいえぬ後悔と慙愧《ざんき》に、恵文王の胸は暗さをましたにちがいない。そのうしろめたさもあってか、恵文王は恣心《ししん》をむきだしにすることをせず、臣下への好悪をみせず、父の武霊王の超人的な武略で拡大した領土を保全しつづけている。恵文王の聴政のありかたは、めだたぬものであるにせよ、人心をほどよくつかんでいる点で、かれは趙の累代の君主のなかで上等にはいるべき人であろう。したがって群臣のなかには、

——この王のためであれば……。

喜んでいのちを捨てようという者は、すくなからずいた。

ちなみにこの年、恵文王は二十八歳である。

またしても閣議である。

恵文王の書と和氏の璧をたずさえて秦へ往く使者には、たれがふさわしいか。朝廷に名告りでた者から選ぶのである。出自、経歴、人格など、すでに調査されたも

のの検討にはいった。その一方で、秦の使者へ、

「諾」

をつたえた。諾とは、和氏の璧と秦の十五城とを交換してよい、ということである。

閣員の表情が冴えない。

一言でいえば、硬軟をあわせもった臣がいないということである。璧と城とを交換するだけのことに、これほど悩まなければならないのか。さすがに恵文王はうんざりしてきた。閣員にもことばがなくなった。閣議に疲労の色と厭気《いやき》とが盈《み》ちたとき、繆賢が仰首し、

「臣《わたし》の舎人《しゃじん》である藺相如なら、使いができるでしょう」

と、王にむかって粛々《しゅくしゅく》といった。

しずまりかえった沼に小石が投げこまれたような発言である。わずかに活気が生じた。その活気が、恵文王と閣員のからだの一部をかすかに動かし、それぞれが体内に沈めていた活気を多少なりとも抽《ひ》きだした。すなわち、恵文王は重く閉じていた口をひらく気になった。

「なにゆえ、それとわかる」

　このことばは、ものうげである。臣下の臣下である藺相如の名を、恵文王はきいたことがない。閣議がゆきづまったため、気晴らしの話題を繆賢が献じたにすぎないと恵文王はおもった。が、恵文王の問いにたいする繆賢の返答をきいて、王ばかりではなく閣員も、心の惰容《だよう》を端《ただ》した。

「臣はかつて罪を犯したことがありました」

と、繆賢は述べはじめた。罪というのは、殺人ということであろう。殺人罪に問われれば死刑になるので、繆賢は隣国の燕《えん》へ逃亡することをくわだてた。そのとき家臣の藺相如に止められた。

「君は、どのようにして燕王と知りあわれたのですか」

「以前、大王に従って、国境のあたりでおこなわれた燕王との会見の席につらなったことがある。そのとき、燕王はひそかにわしの手を握り、友誼《ゆうぎ》を結びたい、といった。そういう知りあいであるから、燕へ往くのだ」

　すると藺相如は燕へ逃亡することの愚かさを説いた。

　そもそも趙は強国であり、燕は弱国である。その強国の王である恵文王に近侍する繆賢は、ひとかたならず目をかけられており、いわば幸臣である。臣下への好悪をあからさまにしない恵文王にしては、めずらしい偏私《へんし》であるといえる。目のよい燕の昭《しょう》王がそれをみのがすはずがない。恵文王をうやまうがゆえに繆賢をうやまい、恵文王を恐れるがゆえに繆賢を恐れたといえる。ところがいま、繆賢が趙で罪を犯し、恵文王のとがめをうける身でありながら、燕へ逃亡したとすれば、昭王は繆賢をかばい、亡命を認めるであろうか。趙を恐れる昭王は、かならず繆賢を縛りあげて、趙へ送りかえすであろう。

「そうなるよりは、肉袒《にくたん》し、斧質《ふしつ》に伏《ふ》して、罪を請《こ》うべきです。そこに罰を脱する道があろうと存じます」

もっとも愛した臣下に裏切られた主は、その臣下をもっとも憎むものである。そうなってからでは、繆賢が恵文王にどんなに赦《ゆる》しを乞うても、極刑がくだされるだけである。いまなら、恵文王の憫《あわれ》みにすがることができる。

――死刑になることはあるまい。

肉袒というのは肌ぬぎになることで、斧質とは断頭台である。繆賢がすすんで断頭台に首をさしのべれば、斧《おの》を落とせ、と恵文王が命ずるはずがない。藺相如はそう読んだ。

はたしてその読みはあたり、繆賢は死刑をまぬかれ、腐刑《ふけい》を経て、かえって恵文王の信頼を篤くうけることになった。

そこまであらいざらい語った繆賢は、

「そうなってから、臣がひそかに考えましたことは、藺相如という男は、勇士であり、しかも智謀があるということです。このたびの使者には、この男がふさわしかろうと存じます」

と、うやうやしくいった。

恵文王は生きかえったような目をした。

——藺相如をみたい。

と、その目がいっていた。

その夜のうちに、藺相如は恵文王に拝謁した。陪臣がいきなり国王にまみえたのであるから、居り場をうしなったような畏縮をみせるはずであるのに、藺相如の挙《きょ》措《そ》にはゆとりがあり、その容姿からは、知を沈め胆気が立っているように恵文王には感じられた。

——繆賢が推挙するだけのことはある。

そう感心した恵文王は、威圧するような態度をみせず、直答をゆるした。

趙は秦に、和氏の璧と十五城とを交換してもよい、と返答した。が、はたしてそれでよかったか。恵文王は藺相如の意見をききたくなった。それにたいして藺相如

は、
「秦は強く、趙は弱いのです。承知せざるをえないでしょう」
と、すみやかに答えた。恵文王はうなずいた。つぎが肝心な質問である。
「秦王がわしの璧をとりあげ、城をよこさぬときは、どうしたらよいであろう」
「秦が城を用意して璧を求めているのに、趙が承知しない場合、非曲《ひきょく》は趙にあります。趙が璧をあたえたのに、秦が城をよこさない場合、非曲は秦にあります。この二策を量《はか》りくらべてみますに、秦の要求をききいれて、秦に非曲を負わせるのがよろしいでしょう」

それこそ恵文王の意中にあることなのである。璧をうしなうことを吝《お》しんでいるわけではない。

――秦に非曲を負わせる。

と、藺相如はこともなげにいったが、天下に秦の非道を知らしめるのは、たやすいことではない。秦が趙の使者を殺し、璧を奪ったら、秦の悪辣《あくらつ》さは天下に知られようか。秦は強い。人は強いものに屈し、その強さに正義を認めなくても、諛佞《ゆねい》を呈するようになる。秦を批判する声が日に日に小さくなっているのが現状である。

――この臣はいのちを捨てて秦に使いする覚悟があるのか。

その問いのかわりに、

「秦への使者は、たれがふさわしいであろうか」

と、恵文王はいった。口先だけの男であれば、ここは他者を推薦して遁辞《とんじ》をかまえるであろう。臣下は王の顔を直視してはならないので、藺相如はまなざしを王の帯のあたりにとどめていたが、わずかにあげた。

「もしも王にお心あたりがなければ、臣が使者として璧を奉じて秦へ往きたいと存じます。城を受け取りましたら、璧は秦に置いてきます。城を受け取れないのなら、璧をそこなうことなく趙に持ち帰ります」

さいごのところは、

「完璧帰趙《かんぺききちょう》」

と、藺相如は明言した。

――璧を渡さぬ使者を、秦はやすやすと帰国させるはずがない。

恵文王は、その完璧帰趙を、藺相如の遺言のようにきいた。

三

藺相如《りんしょうじょ》の家族は小さな興奮に襲われた。

その興奮の半分は誇りであり、のこりの半分は悲哀である。

――主人は生きて還《かえ》ることはない。

妻はその予感に通身《つうしん》をつらぬかれた。僕婢《ぼくひ》もそうである。

旅装にとりかかった藺相如は、

「わしは死なぬよ」

と、さらりといって家人に微笑をむけたが、家人の表情はこわばっている。藺相如は堅くなった家中の空気をきらうように呂不韋《りょふい》の部屋をおとずれ、

「和氏《かし》の璧《へき》とのかかわりは、吶吃《とっきつ》となった」

と、いい、秦《しん》へ往《ゆ》くことを語《つ》げた。呂不韋は目をみはったあと、

「国難を一身に負われましたか。敬仰いたします」

と、心底に熱いものが灯《とも》ったおもいでいった。

「明日、王から璧を受け取れば、そのまま秦へむかう」

「従者はどうなっておりましょうか」

「王がお選びになった副使、史官、侍人などが従うことになろう」

「いえ、そうではなく、この家の者は――」

「僕圉《ぼくぎょ》の者は、つれてゆく」

「わたしがお従《とも》に加わることは、できましょうや」

「仲《ちゅう》どのが……」

　秦へ往くというのか。一瞬、藺相如は不可といいそうになったが、思い直した。和氏の璧とのかかわりは、自分より呂不韋のほうが深い。和氏の璧には霊魂のようなものが宿っており、ふしぎな力を働かせて、陪臣にすぎぬ者を王の使者に抜擢したことをおもえば、呂不韋が同行することを喜ぶのではないか。ところが、呂不韋が藺相如に随従したいといったのは、そういう理由からではなかった。

「秦は、楚《そ》の使者にしかけたことを、趙《ちょう》の使者にもしかけるのではありますまいか」

　そういわれたとたん、藺相如は悟了《ごりょう》した。

　――道中に罠があるか。

　趙の使者が盗賊に襲われ、璧を奪われれば、進退をうしなう。秦としては、趙が約束を破ったことを詰《せ》め、十五城をあたえることなく、趙に兵馬をむけることができるのである。

――わしは黄歇《こうけつ》とおなじ窮地に立つ。

それを呂不韋が気づかせてくれた。

「陀方《たほう》の顔を知っているのは、わたししかおりません」

呂不韋がそういった瞬間、この十六歳の少年を従者のひとりにすることを、藺相如は決めた。

藺相如を正使とする趙の使者の集団は邯鄲《かんたん》を発《た》った。

邯鄲から秦の首都の咸陽《かんよう》まで、黄河沿いの道をゆけば、およそ千七百里である。一日五十里をすすめば、三十四日で到着する。が、その道は魏《ぎ》と韓《かん》とを通過しなければならない。魏はともかく韓は秦に隷属しているので、魏冄《ぎぜん》の密命をうければ、趙の使者をはばむことをするかもしれない。とにかく黄河沿いの道は天下の大道であり、それだけにどんな人間がひそんでいるかわからない。

――北路をゆけばよい。

太行《たいこう》山脈を越え、西へすすみ、祁《き》から、離石《りせき》、藺《りん》などの趙の邑を経て南下し、直接に秦の国へはいれば、危難に遭《あ》うことはすくないであろう。

蘭相如はそう考え、副使の同意を得た。このときの副使がたれであるのか史書には記されていない。が、当然、蘭相如より身分が上で、恵文王《けいぶんおう》の信任の篤《あつ》い人であろう。

蘭相如は車上にいて、呂不韋は歩いた。

太行の山道にさしかかると、蘭相如など車上の人はおりて、従者は馬車をおすのである。呂不韋は山師《さんし》につれられて山中の険路を歩いたので、山行はすこしも苦痛ではない。呂不韋は黙々と歩いた。

「蘭氏の馬車の近くにいる美童は何者であろう」

すでに随行者のあいだでそういう疑問がささやかれている。

「もしや、蘭氏は男色を嗜《この》むか」

と、ひそかに嗤《わら》う者もいる。そういう声が蘭相如の耳にとどいているのかいないのか。かれは平然としており、ときどき車上から、呂不韋に声をかける。

「何を考えている」

「慎子《しんし》の教えをです」

「ひとつ、述べてもらいたい」

「海と山が水を争えば、海かならずこれを得る」

「わかる。公輪子は大発明家であっても、調和ということがわからなかったということだ」

「公輪子《こうしゅし》は巧《たく》みに材を用うれども、檀《たん》（まゆみ）をもって瑟《しつ》を為《つく》ることあたわず」

「なるほど、水は低きにながれるからな。ほかに、ひとつ」

公輪子の名は般《はん》といい、戦国初期にあらわれた発明家である。かれは中国で最初に飛行機をつくった。また高い城壁を越えるための兵器である雲梯《うんてい》とよばれるハシゴ車をつくったことでもよく知られている。公輪子と同時代を生きた思想家に墨子《ぼくし》がおり、かれは公輪子の飛行機が実用にならないと批判し、

「作った物が役に立つことを巧《こう》といい、役に立たないことを拙《せつ》という」

と、いった。慎到《しんとう》の説のなかにある「巧」は、墨子の説をふまえているのであろう。ちなみに瑟は、大型の琴をいう。

そういうことばのやりとりをしている主従をみたほかの従者は、すこし態度をあらため、呂不韋をゆびさして、

「あの童子は道人《どうじん》で、藺氏の食客であるらしい」

と、おしえあった。

使者の一団は、夏の太行山脈を越え、すみやかに西行して、祁邑にはいった。祁

邑の西には巨大な沢がひろがっており、それを避けるために南路をとると、魏の国にはいることになる。北路であると、あいかわらず趙の国内をすすむことになる。

門をすぎてしばらく歩いた呂不韋は、さりげなく馬車からはなれた。

「どうした」

藺相如がふりかえった。

「履《くつ》の紐が――」

とのみこたえた呂不韋は、路傍でしゃがみ、履に手をやった。

横に笠の男が立っている。呂不韋はちらりと目をあげて、笠のなかの顔をたしかめた。

――陀方だ。

こんなところで待ち伏せしているのか。呂不韋は陀方という男の大胆さに目をみはるおもいがした。いや、陀方のうしろには魏毋がいる。魏毋の読みのよさというべきであろう。

「趙の使者はかならず国内を通って秦にくる。途中で襲え」

と、魏毋が陀方に命じたのであろう。陀方は祁邑で趙の使者を確認し、それからどうするのであろう。まさか邑内に賊をひそませているわけではあるまい。そんなことを考えはじめた呂不韋の指先がうつろになった。

「どうなされた」

陀方が親切さをみせて腰をまげた。

「履の紐がほどけまして……」

「どれどれ、紐が切れておりますな。もちあわせの紐がありますから、進ぜよう」

そういわれた呂不韋は、足もとがくすぐったくなった。陀方はとうとう地に腰をおろし、紐をとりかえはじめた。そうしながら、呂不韋に、

「趙王の御使者とおみうけしたが、どちらへ往かれるのか」

と、やわらかい声でさぐりをいれた。

「咸陽へ往きます」

「秦へ往かれるのか。まだかなりの道のりですな。気をつけて往かれよ」

――よくぞ、ぬけぬけと。

呂不韋は内心あきれた。同時に、陀方という男のおもしろみを多少は感じた。が、陀方は使命をはたすためであれば血も涙もない殺人鬼にたやすくなるであろう。

呂不韋は陀方に礼をいい、いそぎ足で藺相如の馬車に追いついた。

「陀方がいました」

　藺相如は顔色を変えず、うなずいてみせた。旅館に着くまで無表情であったのは、考えつづけていたためであろう。旅館に着いたとたん、副使に耳うちをして、左右の者に、

「裏口からでるぞ。邑の門が閉じるまえに、走りでるのだ」

と、厳命した。

　このため使者の主従は旅館を通過したといってよい。一団は走り、門外にでて、一息した。日没である。これから夜の道をすすむのである。藺相如は地のうえに腰をおろし、

「ひとつ、陀方をだしぬいたとはおもうが、仲どのの考えはどうか」

と、きいた。

「陀方は配下を祁邑に残し、旅館を見張らせ、自身は馬で賊のたむろしているところにむかったでしょう。われわれを襲うのは、沢の西側ではありますまいか」

「やはりな……」

　藺相如もおなじことを考えている。

　その危険を回避するためには、南へむかい魏の国境を越えて西行すればよいのだが、関所の役人に荷物をあらためられると、事がやっかいになる。北へまわれば、

どんなにいそいでも、陀方の視界にはいってしまう。そこに藺相如の苦慮がある。

ところが呂不韋は、目もとを明るくし、藺相如にささやくと、すっくと立って遠くをゆびさした。

「そうか。仲どのは、わしの軍師よ」

藺相如ははね起きて、はずみの生じた声を天に放った。

章《しょう》台《だい》

一

荻《てき》のむこうにある沢の水面がにぶい銀光を放っている。

そこに舟の影があった。

――舟か。

藺相如《りんしょうじょ》はたちまち諒解した。沢を横断してゆけば、地上をゆくより二倍はやく沢の西岸に着ける。藺相如以下数名が舟に乗り、副使は南路をとって、離石《りせき》あたりで合流すればよい。副使は璧《へき》をもっていないのであるから、魏《ぎ》の関所でどんなにしらべられても、うしろめたさはない。

「仲《ちゅう》どのをつれてきてよかった」

呂不韋《りょふい》に一笑をむけた藺相如は、すぐさま副使とうちあわせた。副使は難色をしめした。二手にわかれることもさることながら、藺相如を守る者がすくなすぎることに、懸念を濃くした。

「陀方《たほう》という者が、馬をつかわず、舟をつかったとすれば、正使は敵の罠にすすんではいることになりますぞ」

と、副使はいった。

「そのときは、そのときよ。敵はこちらが舟をつかうことを予想しておらぬ。虚を衝《つ》けば、かならず活路がある」

「さようでしょうか」

「離石の西が藺《りん》だ。藺にはわしの親戚がある。藺で会うことにしよう」

と、藺相如はあわただしくいった。夕闇に路がふさがれるまえに、舟の持ち主をつきとめ、対岸へ渡してくれるように交渉しなければならない。

「馬車をはこぶ舟がありましょうか」

副使はすっきりしない表情で腰をあげ、馬車に乗った。

かれはどのような経緯で和氏《かし》の璧が恵文王《けいぶん》の手もとにとどけられたかまったく知らず、まして陀方などという男の名はきいたこともなく、当然、陀方のすごみなど、想像しようがない。祁邑《きゆう》で陀方をみかけただけで、ばたばたと趨《はし》りはじめた藺相如

をみて、

――ぞんがい小心な男よ。

と、ひそかに嗤《わら》った。こんな男をどうして王は正使におえらびになったのであろう。副使は不服の感情を懐《いだ》きながら、舟人《しゅうじん》さがしに随行した。

やがて板屋《はんおく》をみつけた。小集落である。

「王の使者である」

と、藺相如がいっただけで、舟人の家族は恐縮し、舟からおりてきた舟人に金貨をあたえると、

「こんなにいただくと怠けぐせがつきます」

と、舟人は殊勝なことをいったものの、けっきょく喜悦して金貨をうけとった。

このあたりの舟人は漁労ばかりをしているわけではなく、水上輸送もおこなう。人や物をはこぶことを専業にしている舟人もいるという。おもに商人が水路を利用するということであろう。

「夜中の舟行《しゅうこう》になるが、西岸まで、二乗の馬車と六人をはこんでもらいたい」

「たやすいことです。この沢は自分の池のようなものです。月あかりさえあれば、迷うことはありません」

舟人は自信満々である。

「では、すぐに、舟をだしてくれ」

「ほかのかたがたはよろしいのですか。仲間を集めれば、五十乗の馬車でさえ、おはこびすることができます」

「いや、二乗でよい」

舟の集団が大きくなり、それらが炬火《きょか》をともして水上をすすむとなると、どうしても敵の目にはいる。藺相如は副使の袖を拽《ひ》き、

「秦《しん》は悪辣《あくらつ》ゆえ、こちらはどんなに用心してもしすぎるということはない。使命をはたすために、副使どのも必死の覚悟であろう。が、この使いは、死ねばよいというものではない。藺邑まで、副使どのが敵の目を誘うのだから、それだけ危険が大きい。どうか、陀方という男を甘くみないで、藺邑でぶじな姿をみせていただきたい」

と、衷心《ちゅうしん》からいった。

副使は無言でうなずいた。が、心のどこかで、ここは趙《ちょう》の国である、たとえ陀方のうしろに魏冄《ぎぜん》がいるとはいえ、わが国で何ができよう、と楽観するものがある。また、繆賢《びゅうけん》の家臣にあごでつかわれるのも、おもしろくない。だいたい宦官《かんがん》など

というものは、おおかた刑余の者で、侮蔑にあたいする人種である。藺相如は、その宦官に仕え、その機嫌をうかがっているのであるから、どう考えても卑しい性情をもっている。

――卑しい男からは、卑しい策しか生まれぬ。

君子は藺相如のようにあたふたせず、悠然と使いをするべきである。こんど陋劣《ろうれつ》な策をこうずるようであったら、断固拒絶してやろう。副使は不機嫌さを保ちながら、舟人の家をでて、南へむかった。

そのころすでに藺相如は水上にいた。おなじ舟に呂不韋がいる。藺相如は舟人に、

「ところで、わしらよりさきに、舟に乗って西岸へむかった男を知らぬか。笠をかぶった壮年の男なのだが」

と、きいた。

「笠の男、……ああ、みましたよ」

「どこで、みた」

「すれちがった舟に、笠の男が乗っていました。仲間の舟です」

「そうか」

なかなか陀方をだしぬけない。陀方はかならず先にいる。

「その舟とは、ちがうところに、この舟を着けてもらいたい」

「そうおっしゃっても、あの舟がどこに着いたのか……」

舟人は困惑したようである。

呂不韋は藺相如にささやいた。

「陀方はこの沢の西岸から離石の邑までのどこかで襲撃することをくわだてているのですから、北路と南路とがあわさるところにいるのではないかと考えてはいけないでしょうか」

「そうか……、沢から汾水《ふんすい》にはいり、茲氏《じし》の北で南北の路をにらんでいるか。それにちがいない」

藺相如は水上の闇をにらんだ。

沢の西岸から離石までの路は呂梁《りょりょう》山脈を越えてゆく隘狭《あいきょう》なもので、路はひとつしかないといってよい。茲氏という邑の北からその路は発する。その起点は汾水という川の西岸にある。藺相如と呂不韋が渡っている沢は、汾水の源ではないが、北から汾水がながれこみ、西へその水をにがす巨大な溜水《りゅうすい》といえるであろう。陀方が沢から汾水へはいって茲氏の北で舟を降りたと想像するのが適切である。

――やっかいな相手だな。

陀方という男をまだ藺相如はみたことがないものの、およその想像はつく。英才の黄歇《こうけつ》をころりとだましたほどの男だ。なみの胆知の持ちぬしではあるまい。すでに闇のなかでたがいの才覚が火花を散らしているといえるが、藺相如にとっての有利さは、

——陀方はわしのことを知るまい。

というところにある。陀方ほどの男であるから、趙の使者が繆賢の家臣であることくらいはしらべてあるにちがいないとしても、その度量や才覚をつかみきってはいまい。そこに、つけいるすきがある。

「よし、汾水にはいってくれ」

と、藺相如はいった。すると舟人は顔をしかめ、

「この舟では——」

と、いった。沢を渡る舟は喫水《きっすい》がみじかい。沢には激流がないので、それでよいのだが、川では舟底の浅く幅のひろい舟では転覆しかねない。そうなると陀方が乗った舟も汾水にはいらなかったことになる。

「舟を乗り換えることはできるのですか」

呂不韋が舟人にきいた。知恵のきらめきをみせられた藺相如である。

「もちろん、できます」

その答えをきいた藺相如はすぐさま、

「舟を乗り換えて、汾水にはいる」

と、はっきりいった。陀方の目をかわそうというより、むしろ懐にとびこむほうが、意表を衝くことができるであろう。いまごろ祁邑に残っている陀方の配下は旅館にさぐりをいれ、趙王の使者が旅館にいないことを知って仰天しているにちがいない。邑の門は朝にならないとひらかないので、邑の外の仲間に連絡をつけようがないはずだが、そこはしたたかな連類であるから、なんらかの手段で急報を送ろうとするかもしれない。

「趙の使者はどちらへむかったか」

かれらは南北の路と水路をもしらべるであろう。多くの舟人たちを集め、多数が水上を移動しなかったことが、そこで活《い》きるはずである。

「使者は南路へむかった」

という報《しら》せが陀方のもとにとどくのは、どんなにはやくても早朝である。今夜は、陀方は襲撃の計画を脳裡《のうり》にえがきつつ、ゆったりした気分で、休息をとっているであろう。まさか自分の後方の闇のなかを、和氏の璧がうつろっているとは知るまい。

藺相如は度胸のある男である。

陀方に接近することで、かえって陀方の目のとどかぬ足もとをすりぬけることにした。

沢の西側に着くと舟人は夜陰に沈んでいる家の戸をたたき、仲間の舟人を起こした。

その舟人は、藺相如が趙王の使者であると知って、地にひたいをつけ、さっそく息子たちを呼び、舟の用意をさせた。その舟人は、汾水をくだって行った笠の男についてては知らないといった。舟に乗るまえにかるく食事をした藺相如は、すこしおくれて腹ごしらえをはじめた従者に、

「岸にあがったら、一昼夜、休息をせず、離石にむかってひた走る」

と、目をすえていった。

二

舟が汾水《ふんすい》の北岸に着いても、まだ夜は明けない。

そこからの地形については、藺相如《りんしょうじょ》は地図をみなくてもわかる。

炬火《きょか》をともしてよいところと、ともしてはいけないところは、見当がついている。緊張感を持続しつつ山間の路にはいったとき、木々の梢が黒々とめだちはじめた。そのうしろにある空が白くなったということである。朝の冷えた気にふれて、自分のからだの熱さを知ったおもいの藺相如は、ふと幸福感につつまれた。国家の難問を解くべく自分の生を賭《と》して突き進んでいるこのときこそ、

——男はこうあるべきだ。

という実感が満腔《まんこう》に塡《み》ちてくる。もっといえば、国家のためとか自分のためとか、そういう何かにとらわれたところを突きぬけたところで、感動が鳴っている。

目をあげた藺相如は、幽《ほの》かに笑った。

こういう自分を小さなものとしてみおろしている喬木《きょうぼく》の冷ややかなするどさが目にはいったからである。

「これが人というものです」

藺相如はひそかに喬木に語りかけて、通りすぎた。

日が昇ってからすぐに汗が湧きだした。その汗が草木の緑に染まるような路をわき目もふらずにすすみ、日が中天から照りつけるころ、歩きながら瓢《ひさご》の水を呑んだ。坂路がつづく。ふりむくと、すぐうしろに呂不韋《りょふい》がいた。苦しいとも暑いともいわ

ず、なにかふしぎなすずしさを保ったまま歩きつづけている。その歩行のかたちをみた藺相如は、

——苦難をしのいでゆける者だ。

と、心の深いところで感興《かんこう》するものがあった。呂不韋は士族の出身ではなく、賈《こ》人《じん》の子である。それにもかかわらず、その骨柄《こつがら》のすわりかたは、王の衛士にまさるところがある。藺相如は、

——真の勇気とは何であるのか。

と、つねに考えている男であり、体力、心力、知力をそろえて困難を打破するところに真の勇気があると信じている。この使いがまさにそれで、戦場で大いに戈矛《かぼう》をふるう者も、この使いには尻ごみをしたではないか。そういう観点から自分をみ、呂不韋をみると、ともに大業をなせる者であると、大いに誇ってよいであろう。大業をなす者は、平時においてはおだやかで、危機においてはなおさら静かでなければならない。呂不韋にはそういう資質がある。

——それなら……。

趙《ちょう》は呂不韋を自国の臣とすべきである、と藺相如はおもう。かつて孔子《こうし》は、

与《とも》に道を適《ゆ》くべきも、未《いま》だ与に立つべからず。与に立つべきも、未だ与に権《はか》るべからず。

と、いった。おなじ道をすすんでも、いっしょに立つことはできない。いっしょに立っても、物事の処置をともにすることはできない。人とは、たぶん、そういうものである。藺相如は呂不韋の才器の大きさを認めながらも、主君の繆賢《びゅうけん》に推挙しようとはおもわない。ほかの有力者か顕官がよい。呂不韋の硬軟あわせもった頭脳を活用しうるのはたれであろう。藺相如はそんなことを考えつつ、坂路をいそいだ。

どんなにいそいでも離石《りせき》までは、一泊しなければならぬ。日没をむかえた藺相如は、

――これで危道を走破したか。

と、自分に問いながら、林にはいり、休息をとった。翌朝からは走ることをせず、離石をめざした。それでも陀方《たほう》の魔手に襲われることはなかった。

離石の邑をみたとき、どっと汗が噴きでるおもいがした。離石の西の藺《りん》までゆければ、河水《かすい》（黄河）を舟でくだってゆける。河水が東へ折れ曲がるあたりにある臨晋《りんしん》

(王城《おうじょう》)に上陸して咸陽《かんよう》へゆく路のほうが、敵国内であっても、趙王の使者に手だしをする者がいないので、かえって安全である。秦《しん》は徹底した法治国家である。公子や大臣の恣行《しこう》でも法にふれれば容赦なく処罰される。独裁者の魏冉《ぎぜん》の恣心《ししん》が羽《はね》をのばせるのは国内ではなく国外であるといってもよい。

離石から藺にはいった藺相如は、ひそかに安心の息をつき、副使の到着を待った。この邑には親戚が住んでいるが、復命をおえるまではかれらに会うことはできない。

三日待っても、副使の到着がない。

――遅いな。

さすがに胸騒ぎをおぼえた。翌日、藺の邑主《ゆうしゅ》から、

「いま、離石から報《しら》せがとどいたのだが、副使どのは山賊に襲撃され、従者の大半をうしなって、離石にたどりついたらしい。明日、ここに到着するとのことです」

と、藺相如はおしえられた。

――全滅したわけではなかった。

山中で斃《たお》れた者を悼《いた》みつつも、ほっとした。が、よく考えてみれば、山賊を指揮した陀方は、戦闘のさなかに、

――正使がいない。

ということに気づいたのではないか。藺相如にだしぬかれたことを知った陀方は、

「やめよ」

と、山賊に号令し、自身はすばやく西行した。それゆえ副使やその従者が殺されずにすんだのではないか。そうなると、すでに陀方はこの藺邑のなかにいることになる。藺相如はさっそく邑主に、

「こういう笠をかぶった男を逮捕していただきたい。この男が、山賊の首領です」

と、いった。緊張した顔の邑主はすぐに役人を呼び、邑内にいる旅行者をしらべさせた。しかしながら、陀方らしき男をみつけることができなかった。

翌日、藺相如のまえにすわった副使は、いきなり、

「面目ない」

と、慙愧《ざんき》をあらわにした。藺相如としては副使を詰《せ》めるつもりはない。陀方という男のすさまじさをいくら口でいっても、感覚として理解させようがないのだから、副使の失態はむしろ予想のなかにあったといえる。

「われわれは魏冄と戦っているのです」

藺相如はそういういいかたをした。往復の道が戦場なのである。その認識がようやく副使の胸の壁を染《し》み透ったらしく、

「貴殿の智謀がなければ、すでに使命は潰《つい》えていた」

と、いい、これまで藺相如にむけていた軽蔑の色をすっかり引いた。

その場に居合わせた藺の邑主は、使者に随行する者が半減したことを知り、

「命令にはないことですが、国境まで護衛いたしましょう」

と、衛士を集め、みずからかれらを率いて河岸にゆき、舟をととのえさせた。

舟に乗った藺相如はかたわらの呂不韋に、

「陀方はわれらの舟をどこかでみているのかな」

と、きいた。

「かならずみています。歯ぎしりをしているでしょう」

「一難去ってまた一難か。つぎはいよいよ魏冄と秦王のいる国だ」

そうはいうものの、苦渋の口ぶりではない。挑戦の気があふれている。

――相手にとって不足はない、か……。

趙王の陪臣にすぎぬ者が、天下をふるえあがらせている秦の君臣にいどむのである。壮気にみちた光景を予想する呂不韋の血が沸き胸が躍る。

――藺氏は英傑だ。

世の中は広い。こういう人物がめだたないところにいたのである。和氏《かし》の璧《へき》は趙

に国難をもたらしたが、その璧のかがやきはひとりの逸材を照らしだしたのではないか。藺相如が趙王に重用されるようになれば、和氏の璧よりまぶしい光を放つようになるかもしれない。そうなったとき、自分はどうするのであろう。藺相如に仕えるのであろうか。

——人に仕えることは、人に縛られることだ。

世の中が広いことを痛感したにせよ、世の中の広さをみきわめたわけではない。自分がどういう人間で、何をしたいのか、何ができるのか。呂不韋はそれらのことをたしかめたわけではない。自分をふくめた諸事を観照するには呂不韋は若すぎる。いまは意志をはぐくみ、心身の力をやしない、困難にぶつかってゆかねばなるまい。

——そうか。困難を求めてゆけばよい。

困難を避けると、いつまでたっても自分というものがわからない。そのあいまいさと同居している自分が、的確な判断をくだせるわけがない。困難と格闘すれば、その困難に勝とうが負けようが、心身の力をせいいっぱいふるったことで、目的や対象との距離があきらかになり、自分の能力の限界を描きだせる。知恵とはそのつぎに生ずるもので、つまり知恵のある人とは、無限の能力を誇る人のことではなく、有限の能力をみきわめた人のことではないのか。

――では、徳とは何であるのか。

どんなに知恵が衍《ゆた》かでも徳をそなえていなければ大業をなせない。呂不韋という十六歳の少年は、舟のなかでそんなことを考えつづけていた。

三

魏冄《ぎぜん》のまえに陀方《たほう》がいる。

「そのほうをあざむくとは、趙《ちょう》の使者はなかなかの男ではないか」

魏冄の笑いにはゆとりがある。

「藺相如《りんしょうじょ》といいます。どこかでみた男だとおもったので、しらべたところ、繆賢《びゅうけん》の臣下で、邯鄲《かんたん》に着いた黄歇《こうけつ》とともに冥《めい》氏の家に行った男でした」

と、陀方は記憶をたどりつついった。

「趙王は陪臣を使者によこしたのか」

「和氏《かし》の璧《へき》をさがしだし、黄歇にひそかに渡したのは藺相如でしょう。そのときから、こちらの目をあざむいているのですから、そうとうにしたたかな男であるとおもわれます」

「ふん、姑息《こそく》な手段を弄する賤臣を使者としてよこすとは、趙王は無礼だな。そんな男をわが王に謁見させるのはいまいましいが、やむをえぬ。ただし謁見に正殿はつかわぬ。正殿がけがれるわ」

ひとりごとのようにいった魏冄は、

「どうだ、藺《りん》、離石《りせき》、祁《き》などの邑のしらべは、はかどっているか」

と、声を低くして問うた。

「まもなく地図をおとどけするでしょう」

「年内にとどけばよい。そのことは配下にまかせ、なんじは穣《じょう》にゆき、邑主《ゆうしゅ》に会い、わしの指図をつたえよ」

「かしこまりました」

穣は魏冄の食邑である。魏冄は咸陽《かんよう》にいることが多いので、自分の邑をみずから治めるわけにはいかない。気がついたことがあれば、使者を立てることにしている。穣は秦《しん》の最東端にある邑で、いつなんどき楚《そ》や韓《かん》の兵に襲われるかもしれない。そういう危険と同居している邑にしては城壁が低い。それが魏冄の危惧《きぐ》である。邑の規模をひろげ城壁を築きなおすためには、どうすればよいか。そのことを考えてきた魏冄は、労働力獲得にひとつのめどをつけた。

陀方が退室するのをみた魏冄はおもむろに腰をあげた。昭襄《しょうじょう》王に拝謁するためである。

秦王といっても、魏冄にとっては姉の子である。さらに魏冄には、

――王を擁立したのは、わしだ。

という自負がある。わしがいなければあなたは王になれなかったのですぞ、ということばが魏冄の体貌から発揮されている。昭襄王は幼少のころに即位してすでに二十四年がたつが、この叔父には頭があがらない。

「和氏の璧がまもなくお手もとに――」

と、魏冄はにぶい表情でいった。昭襄王は魏冄の顔色をうかがいつつ聴政をおこなっているので、その表情に冴えがないのをいぶかり、

「十五城のことか」

と、問うた。璧がとどけば、趙に十五城をあたえるという約束である。それをいいだしたのは魏冄であるのに、いまになって吝《お》しくなったのであろうか。

「いえ、趙王の使者のことです。まもなく咸陽にはいりますが、しらべましたところ、その者は藺相如といい、趙の大臣ではなく、繆賢という宦者令《かんじゃれい》の舎人《しゃじん》ということで、いたって身分は卑しく、そのような者をよこした趙王の無礼に腹立ちをおぼ

う」

「ご寛言《かんげん》ですが、大王をないがしろにする趙王には、それなりの報いをあたえねばなりますまい。礼を尽くして和氏の璧を大王に献上するのであれば、十五城を趙にあたえるつもりでしたが、むこうが無礼をいたすなら、こちらも無礼を返しましょう」

魏冄はそういったが、はじめから十五城を趙にあたえるつもりがないことは、陀方をつかって和氏の璧を掠奪《りゃくだつ》させようとしたことからあきらかである。

「どうするのか」

「和氏の璧をおとりあげになり、使者を黜放《ちゅつほう》なさればよろしいのです」

違約をなじるような使者であれば誅《ころ》す。魏冄はそのつもりである。藺相如など虫けらにひとしい賤臣ではないか。

「そうか。では、そうしよう」

昭襄王は戯弄《ぎろう》の種をみつけたようにほほえんだ。この王は、まだ若気《わかぎ》がぬけきっていない。好意的なみかたをすれば、この王には純粋さが残されている。王独特な生活環境のなかで弛《ゆる》みきっていない。

えます」

「趙王の陪臣か。はは、趙には人がいないのであろう」

　欲しいとおもうものは何でも与えられつづけている昭襄王であるが、かれは生まれながら秦王の席を約束されていたわけではなく、幼少のころ恵文《けいぶん》王の子であるがゆえに人質として燕《えん》の国へ送られ、その北国で不自由さと倹素《けんそ》とを身をもってあじわった。ところで戦国時代に「恵文」という諡号《しごう》をもつ王はふたりいる。趙の恵文王と、秦の恵文王である。昭襄王の父である恵文王は、即位十三年の三月までは、君《くん》、を称していた。恵文君である。おなじ年の四月に王を称した。それ以前に王を称していたのは、春秋期から王であった周《しゅう》王と楚王をのぞけば、魏《ぎ》王と斉《せい》王のみである。秦の恵文君が恵文王となった年からかぞえて二年後に、趙、韓、燕、中《ちゅう》山《ざん》の各君主が王を称した。宋《そう》の君主が王を称したのは、それより五年おくれている。

　秦は恵文王とその嫡子である武《ぶ》王の代に、国威を増幅して昭襄王の代にいたっている。

「強秦」

　と、よばれ、諸侯に恐れられる大国の主である昭襄王が、放恣《ほうし》に逸《はし》らず、自制を保ちえたのは、人質のみじめさを体験したがゆえであろう。それゆえに、いま、玉座にいることの幸福がわかり、兄の武王が急逝するや、むらがり立った王位継承者を駆逐した魏冄の粉骨砕身の働きに感謝することを熄《や》めないでいる。宰相となってからも魏冄はよく働く。昨年、秦は連合した五国のひとつとして斉を攻め、陶《とう》を取った。陶は済水《せいすい》のほとりにある邑で、もとは宋に属していたが、宋が滅んでからは斉の一邑となっていた。魏と接する位置にあり、古代から栄えている。夏《か》王朝のころに三㚇《さんそう》とよばれ、商《しょう》の湯《とう》王に敗れた夏の桀《けつ》王がさいごの抵抗をこころみた地でもある。水上交通の拠点であることから、軍事における重要さをもっている邑である。その邑を手中におさめた昭襄王は、魏冄の長年の労苦にむくいるため、

「陶をなんじにつかわすであろう」

と、魏冄にいった。実際に魏冄が陶に封ぜられたのは二年後である。このため魏冄は穰の主君であると同時に陶の主君となり、

「陶侯」

ともよばれるようになる。

——わしは恩を忘れはしない。

と、昭襄王はいいたかったのであろう。昭襄王にそういう情意があるかぎり、魏冄としては安心して諸事を処してゆける。和氏の璧に関していえば、こちらがみたいというまえに、なぜ趙王は秦王にそれを献上する意向をあらわさないのか。秦との交誼《こうぎ》がみせかけであるにせよ、外交の綾《あや》とはそうしてつくりだすものではないの

か。武霊《ぶれい》王のころには、趙には楼緩《ろうかん》のようにひとくせもふたくせもある謀臣がいた。かれらにくらべれば、いまの趙臣は、幼児のような外交感覚しかもちあわせていない。内政、外交、軍事というように八面六臂《はちめんろっぴ》の才をふるってきた魏冄は、超人といってよい。その超人の目からすれば、藺相如は微小な存在であった。

昭襄王への謁見は、章台《しょうだい》でおこなわれた。

――おもった通りだ。

と、藺相如は故事をふりかえった。楚の頃襄《けいじょう》王の父の懐《かい》王が昭襄王に招かれて秦にきたとき、対等な会見の席をあたえられず、この章台において臣下の礼をとらされた。懐王が激怒したことはいうまでもないが、懐王はついに楚へ帰ることなく、客死した。秦が殺したといっても、さしつかえあるまい。

章台は、各国の君主でさえ、秦王に頭をさげ身を屈するところである。同時に、秦王の意向にさからえば、帰国がゆるされない、という恐怖の場である。

台上には昭襄王の臣が左右にならび、后妃さえいる。威圧されそうな光景であるが、藺相如は畏縮したようすをまったくみせず、まず報書を昭襄王にささげた。趙の恵文王の返辞が書かれているものである。それから藺相如は、和氏の璧をささげ持った。秦王のほうにゆるやかにすすみ、天下の名宝を秦王の眼前で披露した。

──これが、和氏の璧か。

昭襄王の容貌から喜色があふれた。その面皮に璧のかがやきがうつった。璧を手にとってしばらくながめていた昭襄王は、

「みよ」

と、左右の臣にいい、璧をわたした。この璧をうけとる者は、みな昭襄王のために万歳を叫んだ。台上はにぎやかになった。そのさわぎを藺相如は冷静な目でみつめ、璧が侍女の手にわたったところで、

──十五城を割譲するつもりはない。

と、秦の不誠実をみさだめた。このまま何もしなければ、璧は台上から消え、自身も章台からしりぞけられるであろう。

──そうは、させぬ。

藺相如の膝が動いた。この行動が一躍かれの名を高め、歴史に刻みこまれ、かれ自身の盛運を啓《ひら》いたといえる。

怒髪衝冠《どはつしょうかん》

一

藺相如《りんしょうじょ》はしずかに昭 襄王《しょうじょう》に近づきつつ、

「璧《へき》に瑕《きず》がございます。王に指し示してさしあげましょう」

と、いった。

天下の名宝である和氏《かし》の璧《へき》にきずがあるとは知らなかった昭襄王は、華やかな噪《さわ》ぎをやめない侍女のほうをながめ、女たちの手から手へ渡っている璧を、いそいで返させた。

「瑕は、どこにある」

と、問うように璧を手ずから藺相如にさずけた。

——きずなど、あろうか。

藺相如はひそかにことばを吐き棄て、壁をもったまま、あとじさりして、柱に依《よ》りかかった。そこから昭襄王を睨《にら》みつけた形相のすさまじさに、昭襄王はぎょっとした。鬼気に打たれたといってよい。

台上はしずまりかえった。

壁をもち、柱に身を寄せて立つ男から発散されるものに、全員が射ぬかれたといえよう。このときの藺相如を、

――怒髪《どはつ》上《のぼ》りて冠を衝《つ》く。

と、司馬遷《しばせん》の『史記』は描写している。怒りのあまり髪がさかだち、冠をおしあげそうであった、ということである。それにしても、

「怒髪上衝冠《じょうしょうかん》」

とは、みごとな表現である。髪のみを描いて、藺相如の怒りの全容を追わず、それでいてこの場の空気さえ読む者にわからせている。詩心にあふれたこの文は、幽《ゆう》玄《げん》の域にあるといってもさしつかえないであろう。

昭襄王は凍りついたように動かない。

藺相如は時をとめたといってよい。かれの表情は怒りそのものにみえるが、脳裡《のうり》には水のようなしずけさがある。かれは滔々《とうとう》と昭襄王を非難した。

「趙《ちょう》の会議においては、秦《しん》は貪婪《たんらん》ゆえ、空言《くうげん》をもって璧を求めている、したがって城は手にはいらぬであろうから、璧を秦に与えてはならぬ、と決しようとしていた。が、臣《わたし》としては、無位無官の布衣《ふい》の者でも、人との交わりにおいて、騙《だま》すことはしない、まして大国ではなおさらであると考え、ひとつの璧のことで、強秦との款《よしみ》をそこなうのはよくない、とおもったのです」

微《かす》かに昭襄王のあごが動いた。

藺相如のことばはつづく。

「臣の献言をお容《い》れになった趙王は、斎戒《さいかい》すること五日にして、臣に璧を奉じさせ、書を秦の宮廷に送らせたのです。それは大国の威をはばかり、敬意を表さんがためです」

昭襄王のあごがゆっくりあがり、ゆっくりさがった。

「ところがです。臣がここに至りますと、大王は臣を多数の目にさらし、礼節の倨《おご》りははなはだしい。璧を手になさると、それを侍女にまで渡し、臣を戯弄《ぎろう》なさった。臣としては、大王に趙王に城邑《じょうゆう》をつぐなう意がないとみえましたゆえ、璧をとりかえしました。大王がもしも臣に急《せま》ってこられるのであれば、臣の頭を璧もろともに柱に打ちつけ砕いてごらんにいれるでありましょう」

そういい放つや、藺相如は柱を睨み、璧を柱に打ちつけようとした。

「待て――」

台上に璧が散乱し、血が流れてはこまる。昭襄王はとっさに、

「たしかに無礼であった。侍者をしりぞけ、城邑の地図をみせるであろう。璧をおさめ、着座されよ」

と、いった。その声に、侍史はあわてた。趙に割譲する十五城がどこであるのか、まったくきかされていない。かれは魏冄《ぎぜん》に指示を仰いだ。

――あれが藺相如か。

陀方《たほう》をだしぬいたほどの男であるから、すぐれた胆知をそなえている、とは魏冄はおもっていなかった。小心ゆえに、小さな知恵をこせこせとつかい、かろうじて璧をはこんできた男であると軽蔑の目でみていたのである。なにしろ藺相如は、宦官《かんがん》の臣下である。宦官のほとんどは刑余の者で、そういう犯罪者の下で春秋をついやしてきた性根に卓偉なものがあろうとは、とうていおもわれない。ところが実際に藺相如の挙措《きょそ》をみると、それは激詭《げっき》であり、媚附《びふ》に明け暮れてきた男からはけっして生じない毅魄《きはく》が魏冄をも打ってきた。

――秦にとって危険な男だ。

魏冄はつねに攻撃的な男である。かれは保身というものを、攻撃のなかで考え、いわゆる防衛ということをついぞおこなったことがない。すなわち、自分を害する力があれば、それを避けたりしりぞけたりするのではなく、むこうの力以上の力で、その力を消去する。そういう生きかたをしてきた。この場合も、藺相如がやがて秦に危害をあたえる力に生長するとおもえば、ここで、その力の源を絶っておくにこしたことはない。それには藺相如を殺せばよい。

「追殺《ついさつ》する」

それが胸中に揚がった声である。十五城と璧とを交換し、地図をもって帰る藺相如を配下に追わせて殺す。

外交への配慮がそういう手段をえらばせた。宮中で趙王の使者を殺害すれば、趙との関係にひびがはいる、ということだけではない。魏冄の関心は、むしろ楚《そ》にある。

――楚は合従《がっしょう》の策謀をめぐらせつつある。

こういうときに、楚に有利にはたらくような事件を秦国内でおこすことは、当然秦にとって得策ではない。じつは魏冄は、楚が趙とむすび、趙が燕《えん》と魏《ぎ》にはたらきかけていることを知って、秦軍を東方に発して魏を攻めさせているのである。が、その秦軍から報告がはいった。

「孟嘗君《もうしょうくん》が動いた」

と、いうのである。孟嘗君は魏の昭《しょう》王を輔《たす》けてきたが、秦軍が魏に侵入するや、首都の大梁《たいりょう》を発《た》って北へむかったという。魏の北には趙があり、その北には燕がある。

――孟嘗君は自領の薛《せつ》にもどったという者がいたが、まだ魏にいたのか。

魏冄は唇を嚙んだ。かつて秦軍は、孟嘗君に率いられた諸侯の軍と戦って、大敗した。あの男は、にがてだ、というおもいが魏冄にはある。大梁と薛とは六百里ほどはなれているが、馬車をつかえば十日の距離である。孟嘗君は大梁と薛とをたやすく往復することができる。孟嘗君が北へむかったというのは、魏の昭王をみすてたということではなく、むしろ救おうとしているのであろう。同時に、趙の恵文《けいぶん》王がよびかけた同盟に、魏の昭王が応《こた》え、昭王の返答をもって孟嘗君が趙へむかったという意味あいがあろう。孟嘗君が魏と趙の軍に燕の軍をくわえて秦軍と争うかまえをみせるようなことがあれば、秦としてははなはだまずい。その孟嘗君と楚の頃《けい》襄《じょう》王とがむすべば、秦にとって最悪である。

趙の使者が璧をささげてきたのは、こういうときなのである。

しばらく黙っていた魏冄は、おそるおそる指示を待っている史官に、

「河水《かすい》と汾水《ふんすい》のほとりにある城邑であれば、どれでもかまわぬ、十五えらんで、王におしめしせよ」

と、いい、すばやく史官に背をむけた。

ものごとを陰私《いんし》の下におさめておきたいとき、そのためのかっこうの実行者である陀方を、穣《じょう》にむかわせてしまったので、ほかの臣下に藺相如を暗殺させるしかない。地図をもって咸陽《かんよう》をでる藺相如が邯鄲《かんたん》に帰還してしまえば、秦は趙に十五城を与えなければならなくなる。ここは、なんとしても藺相如を抹殺し、地図をとりかえさねばならない。失敗すれば、魏冄は引責に直面しなければなるまい。

――藺相如をどこで、どう殺すか。

魏冄がそれを考えはじめたころ、昭襄王は藺相如に地図をみせていた。ただし、魏冄は昭襄王に疎漏《そろう》のあることに気づかなかった。つまり、地図をささげた史官は魏冄のことばをそのまま昭襄王につたえ、それをきいた昭襄王は、

――ふむ、本気で趙へ十五城を与えるつもりはないのだな。

と、魏冄の意中を察したことで、深刻さからまぬかれた。いま秦の実力からすると、他国の城を三つ落とすのに一年はかかる。十五城を取るとなると、五年をつい

やさねばならない。その五年のなかに多量の秦兵の死傷と国費の損耗《そんもう》とがある。そうおもえば、趙へ与える城邑の数は、五、でよかったと昭襄王はくやみはじめていたのである。が、魏冄は趙に一城も与えるつもりはないようである。昭襄王はほっとした。この王は、そういう情意の推移を面皮のしたにふかぶかとしずめておくだけの窈靄《ようあい》さを、性格のなかにもっていなかったといえる。

昭襄王は地図に指をあてて、

「これより先の十五都を趙に与えるであろう」

と、いった。

都は規模の大きな邑と考えればよいが、正確には、君主の家の廟《びょう》が置かれている邑のことである。ただし昭襄王には後者についての意識はなくて、大きな邑を都といったにすぎない。

——まさに、空言。

たちまち藺相如は看破した。

秦は吝嗇《りんしょく》である。それを考えれば、秦が割譲する十五城というのは、戦略的な意味の希薄な小邑ばかりであろうし、その小邑は、かたまっておらず分散しているにちがいない、と藺相如はおもっていた。ところが昭襄王の指は、交通に不可欠な邑や東方攻略のための策源地にあたる邑などをしめしている。

正直なところ藺相如は落胆した。

――これが、秦か。

人の心というものがまったくない国である。宮殿は人の皮をかぶった妖怪どもの巣にほかならない。秦と手をむすべば、その手は秦に食われるであろう。趙はやはり秦からはなれるべきであろう。

――璧は渡さぬ。

この璧には人のまごころが宿っている。秦王の手に渡れば、璧は石にかえるであろう。藺相如はおのれのなかの烈しさを、すっと引いた表情をつくった。

二

藺相如《りんしょうじょ》の全身から怒気が去ったのをみて、昭襄王《しょうじょうおう》はほくそ笑んだ。同時に、趙人《ちょうひと》の欲深さを憎んだ。

――十五城を得ると知って、この恭容《きょうよう》か。

趙人は利害にさとい。利を目のまえにぶらさげられると、変節や背信をたやすくおこなう国民であろう、とにがにがしく感じた。さきほど藺相如は璧《へき》を柱に打ちつけ自分も死のうとした。その一瞬、直視できぬほどの光輝が藺相如から放たれたではないか。昭襄王は、その光に打たれた。名状しがたい恐れとともに湧きあがってきたものがあった。それは色あいのちがう感情のかたまりのようなものであったのだが、とにかく昭襄王は感動したのである。ところが地図をみた藺相如には光輝はなかった。昭襄王の感動も冷めた。

藺相如は言う。

「和氏《かし》の璧は、天下が共伝《きょうでん》した宝です。それを保有したい趙王ですが、秦《しん》を恐れ、やむなく献上することにしました。璧を送りだすとき、趙王は斎戒《さいかい》を五日いたしました。そこで、大王も五日の斎戒をなさり、九賓《きゅうひん》を宮廷に設けられるのでしたら、臣《わたし》はかならず璧を奉呈《ほうてい》いたすでありましょう」

この趙の使者は、こうるさいことをならべたてているが、要するに、和氏の璧をよこす、ということだな、と昭襄王は侮蔑をこめておもった。

ところで、昭襄王は藺相如の要求をその場で理解したであろうが、後世の者にはわかりにくい語句がふくまれている。

「九賓を設ける」

ということである。九賓というのは、天子がもてなす賓客《ひんかく》のことで、公・侯・伯・子・男・孤《こ》・卿《けい》・大夫《たいふ》・士のことであるといわれる。そのうち孤というのは、むろん「ひとり」ということであるが、孤児のことではなく、ふつうは君主の一人称である。君主は自分のことを「孤」または「寡《か》」という。しかしこの場合、孤というのは君命によって聘問《へいもん》にきた者をいうと『周礼《しゅらい》』にはある。たとえそうでも、九賓を設ける、とはどういうことか。九賓を同時にもてなすような盛儀をしめすことであろうか。和氏の璧はこの世で最高の宝であるから、最高の礼で迎えるべきであると藺相如はいいたかったにちがいないが、それなら、なぜ礼ということばをはぶいたのであろうか。『周礼』には、

「大賓《たいひん》の礼」

とか、

「九儀」

とかいう語がみえるが、九賓を設ける、にあたる語句はみあたらない。あるいは賓とは、擯相《ひんしょう》のことで、擯相というのは客の応待の官であるから、九人の擯相を設けることがそれにあたるのかもしれない。考えすぎかもしれないが、藺相如はあえてわかりにくいことを昭襄王にいったのかもしれない。このときの藺相如の意中

には、

——時をかせぎたい。

という望みが生じており、昭襄王に五日の斎戒を強いたものの、五日では日が足りぬとおもえば、九賓を設ける、ということを楯にとり、昭襄王の礼のあやまちを指摘して、やりなおさせる肚《はら》があったとみるのは、どうであろう。

とにかく藺相如の頭のなかは、地図をみた瞬間からすさまじいはやさで動きはじめた。

章台《しょうだい》からさがると、すぐに従者を集めた。

章台で一部始終をみた副使は、昂奮の冷めぬ顔つきをしている。諸侯がちぢみあがる秦王と対等にわたりあった男を目前にしているとおもえば、熱いふるえがよみがえる。

——わしでは、とてもあのようなことはできぬ。

心の底にそういうつぶやきがくりかえし湧きでている。副使はすでに藺相如に心酔しているといってよい。

「副使どの、五日がすぎたら、われらは死にます」

藺相如にいきなりそういわれた副使は眩惑をおぼえた。死は遠ざかったとおもっている副使である。五日後にこちらは和氏の璧を献じ、むこうは地図をさずける。その交換条件に昭襄王と藺相如は合意したではないか。

「ただし、死ぬのは、わたしと貴殿だけです。いや……、わたしだけが死ねばすむことかもしれない」

「正使どの、何を申される」

藺相如の意中にある光景に副使の想像はおよばない。

「秦王は――」

と、いった藺相如は、ひと呼吸おいて、

「趙に十五城を与えることはない」

と、断定の重みを口調にあらわした。なぜなら、と藺相如は、その十五城の名を逐一あげて、副使の目をみつめ、

「そうではありませんか」

と、いった。にわかに副使の心に昧《くら》さがおりた。藺相如のいう通りであろう。章台では昭襄王に近づき地図をのぞきこむことのできなかった副使は、ここではじめてその城がどこにあるかを知ったのだが、黄河のほとりの戦略拠点というべき城が多数ふくまれており、

——それらをくれるのか。

と、欣喜《きんき》したいだけに、かえって地図に画《か》かれただけの城でおわるであろう。

副使の顔が怒りでふくらんだ。

——奸曲《かんきょく》な王よ。

かれの目はそういっている。

「秦王が虚妄《きょぼう》をもって璧を召しあげようとするのであれば、こちらはすみやかに璧をもって帰国すればよい」

副使は強い声でいった。

「だが、副使どの、それでは正義が樹《た》たぬ。むかし晋《しん》の文《ぶん》公を助けた介子推《かいしすい》は、——尤《とが》めてこれに効《なら》うは、罪これよりはなはだしきあり、といって山に隠れた。秦の不実をなじっている者が、おなじ不実をおかせば、このほうが悪い。秦王は斎戒し、至上の礼をもって璧を迎えるのに、われらがことわりもなく帰国したのでは、天下はわれらを非難し、たちまちその非難はわれらの王におよぶ」

「それは、そうだが……」

誠意のない者に誠意を尽くす必要はないではないか。璧をもって秦をおとずれたことだけでも誠意をあらわしたことになり、地図だけの城を棄てて、璧を趙にもち帰っても、面目を失することはあるまい、と副使は考えている。

だが、藺相如は、そうは考えない。

いますぐに咸陽《かんよう》を脱走し、帰国しようとしても、騎兵に追いつかれる。そうなれば、最悪である。

「それゆえ、われらは秦王の礼をうける。が、璧をひそかに帰国させる。秦王の礼は虚偽である。それをうけるわれらも虚偽であるが、秦王とわれらのちがいは、虚偽を表にみせぬ秦王は生き、虚偽を表現するわれらは死ぬ。ところが死ぬことによって、われらの虚偽は真実に変わり、秦王は虚偽そのものとなってあらわれる」

藺相如はおのれの生死を最大限に利用し、趙の正義を樹てようとするのである。個人の名誉と不名誉とにこだわっていた副使は、頭を垂れて愧汗《きかん》した。

——みごとな男だ。

藺相如のみごとさは、はじめから自分の生死を棄てているというところにあり、副使は、あらためてそれに気づき、副使自身も邯鄲《かんたん》を出発するとき、生きては還《かえ》れぬ、と覚悟したことをおもいだした。肚をすえなおした副使は、

「わしはよい使いをさせてもらった」

と、藺相如にしみじみとした目容をみせた。

副使の覚悟をみぬいた藺相如は、

「ただちに璧を趙へ帰還させます」

と、いった。正副の使者と従者がいるところは、

「広成伝《こうせいでん》」

とよばれる宿舎である。伝は伝舎《でんしゃ》のことであろう。旅館といいかえてもよい。ついでながら、孟嘗君《もうしょうくん》が食客たちを住まわせた舎のなかにも、伝舎がある。伝舎、幸舎《こうしゃ》、代舎《だいしゃ》という三等級の舎があり、伝舎は最下級であった。それらをあわせ考えてみると、藺相如たちはけっして礼遇されたわけではない。

その宿舎から多数が飛びだせば、すぐに役人などに気づかれる。少数がなにげなく咸陽をでて、趙へ奔《はし》るのがよい。とはいえ、なにげなく、というところがむずかしい。趙の使者と従者の姓名と容貌とは役人に知られており、そのなかの二、三人が欠けても、不審をいだかれる。

「仲《ちゅう》どの」

藺相如は呂不韋《りょふい》を呼んだ。呂不韋は正式な随行者ではない。かれの姓名は随員名簿に記載されていない。

「たのみがある。璧をもち、わしの僕人《ぼくじん》とともに、藺邑《りんゆう》へひた走ってもらいたい。

藺の邑主には書面で事情を説明する。どうであろう、やってくれまいか」

ふしぎに和氏の璧は呂不韋にかかわりがある。藺相如はそのことに気づいている。

――呂不韋であれば、璧をなくしたり、そこなったりすることはあるまい。

というよりも、和氏の璧が呂不韋のもとにゆきたがっている、といったほうがよいであろう。そういう物と人との合性のよさを藺相如は重視した。ものごとの成否は、人の能力のみで決定されるわけではない。体力において呂不韋にまさる従者は多い。が、この場合、呂不韋の強運におよぶ者はいないような気がした。それに、この童子の機転の冴えは、藺相如さえおどろかせた。国家の名誉がかかっているこのくわだてをどうしても成功させなければならない藺相如は、迷わず、呂不韋に璧をあずけた。

三

一歩、藺相如《りんしょうじょ》がさきんじた。

呂不韋《りょふい》が僕人《ぼくじん》とともに咸陽《かんよう》をでたとき、魏冄《ぎぜん》はまだ宮中におり、弟の芈戎《びじゅう》から、

「王は斎戒《さいかい》を五日なさるそうだ。璧《へき》と城との交換はそれからになる」

と、きかされた。

――これで璧はもらったな。

と、魏冄にしてはめずらしく甘く考えた。

ところで芈戎は魏冄の異父弟で、華陽君《かようくん》とよばれていることはよく知られている。かれは食邑《しょくゆう》を加添《かてん》されて、

「新城君《しんじょうくん》」

ともよばれ、兄の魏冄にかわって秦《しん》の宰相にあった。が、他国からみれば、芈戎の実力は魏冄に劣るとおもわれていたであろう。表《おもて》の宰相は芈戎で、裏の宰相は魏冄である、というのが諸侯のみかたではなかったか。

夕《よる》、自邸にもどった魏冄は、側近のひとりに、

「五日後に藺相如は地図を受け取る。その地図が趙《ちょう》王のもとにとどかぬように手配いたせ」

と、命じた。その臣が退室しようとすると、魏冄は自分の甘い観測に気づき、

「広成伝《こうせいでん》にいる使者の主従に欠員がいないか、名簿とてらしあわせて、しらべよ」

と、いい、

——まさか、すでに遁走しているのではあるまいな。

と、ひやりとした。趙の正副の使者が逃げだしたのなら、ただちに追手をかけねばならぬ。が、夕食をおえた魏冄のもとに、

「ひとりも欠けてはいません」

という報告がはいった。もしも陀方《たほう》が広成伝にでむいたのであれば、

「美童がおらぬ」

と、すぐ気づいたであろう。その点、藺相如に運があった。従者のなかでも、奴隷や僕使などは人として認められておらず、当然、その姓名は名簿に記載されていない。藺相如はそのことを利用したのである。しかしそこまで魏冄の側近はしらべつくせなかった。報告をきいた魏冄は、気色を明らめ、

——わしが藺相如であったら、今日のうちに退去したであろうに。

と、藺相如の読みの甘さを嗤《わら》い、機知のなさを惜しんだ。

そのころ呂不韋は、璧を懐にしまって夜道をいそいでいた。馬車をつかわず、歩いて、趙へもどるのである。

呂不韋につき従う僕人は、しきりに主人の身を心配した。

——何ともいえぬ。

呂不韋は楽観のことばを吐けない。藺相如は璧のために自分を犠牲にしたといえる。人質として咸陽に残ったようなものであるから、生きて還《かえ》るのはむずかしい。

——家臣とは、こういうものか。

暗い心の底で沸々《ふつふつ》とわいてくるつぶやきがある。くやしいような腹立たしいような色をもったつぶやきである。

藺相如ほどの才幹が、この一事で、坼裂《たくれつ》してしまう。国と国王の威信を守りぬいた臣としてたたえられようが、死者は、死者である。このためだけに藺相如は生きてきたのか。この先、何のあてもない人であったのか。そうではあるまい。よくよく考えてみれば、和氏《かし》の璧《へき》と十五城との交換が、趙にとって大事であったろうか。それが外交上のかけひきとしておろそかにできぬことはわかる。が、それによって人が死ぬという事実は、何であるのか。国は人民を生かし、国王は群臣を生かすものであろう。主観をふりはらえば、趙は秦より国体において劣り、国策は稚拙《ちせつ》である。小事において大才が死なねばならぬ組織の残酷さとは、そこにある。

歩きつづけて朝をむかえた呂不韋は、清快《せいかい》な空気を胸いっぱいに吸った。そのとき、

——仕官するとは、こういう空気にひたれないことだ。

と、感じた。官途において累進《るいしん》するということは、自己の表現のはばをひろげるというより、むしろ逆で、自分を殺しつづけることになるのではないか。それなら、高官になりたいという夢は棄てたほうがよい。ただ高位にすわるのは、いたって不自由で、人の情をうしなった自己である。

が、呂不韋は魏冄の存在をおもしろく感じた。

――穰《じょう》侯だけが、おのれのままでいる。

けっして善人であるとはおもわれぬが、自分の生きたいように生きているようにおもわれる。たれの指図をもうけず、国を富ましつつ自分もそれなりの利益をうけているようである。権柄《けんぺい》をにぎる、とは、そういうことなのであろう。

――穰侯は稀代《きたい》の人だ。

国王の戚族出身で宰相の地位にのぼった人は、過去にも諸国にも、多くいたであろう。が、魏冄のようにその威権にゆらぎをみせなかった人はまれではあるまいか。

どうせ大臣になるのなら、魏冄のようにならねばおもしろくない。しかし魏冄そっくりではおもしろくない、と呂不韋はおもう。

生きたいように生きているのはうなずけるものの、そこには喜びがないようにみえる。政治をおこなう喜びとは、人民と一体になっているという自覚にあるであろう。それが魏冄には欠如している。人民と一体になることが、そもそも自由をうしなっていることになるのか。魏冄に喜びがあるとすれば、支配する喜びであろう。そういう喜びは孤独であるがゆえに、魏冄の近くにいない者の目には喜びがうつらない。

——が、自分はそうではない。

呂不韋にはわからないことが多いが、それだけはわかる。

魏冄の財産はどれほどであるか見当もつかないが、それは秘蔵されたものである。自分のためにつかいはするが、他人のためにはつかわない。魏冄が食客をこのまないことからでも、それはあきらかである。しかし呂不韋は賈人《こじん》の子だけあって、蓄財の考えかたがちがう。まず、信用という目にみえぬものを蓄え、それを財産にする、という認識がある。信用は人と人とが共存し共栄するという考えがなければ成り立たない。独裁者ではわからぬことである。そういう考えを推し進めてゆけば、蓄財は、自分でするより、他人がしてくれる。そう信じはじめた呂不韋である。

王室だけが富んで国が貧しい、ということはあっても、国が富んで王室だけが貧しい、ということはありえない。

考えのゆきつくところはそこである。

――とにかく、この壁を藺《りん》にとどけることは、信用の蓄えになる。

趙王や藺相如のためにすることが、けっきょく自分のためになるのである。いま藺相如と魏冄とは敵対しているが、その敵対ぶりは対等ではない。ところが魏冄が藺相如の機知と果断を知れば、はげしく憎悪するにちがいないが、そのことは藺相如をはっきり敵として認めたことで、いわば敵である事実を信じたことになる。人は自分にとって最大の敵を、じつはもっとも信用しているともいえる。人はたやすく倒せる相手を信用することはない。

呂不韋もこの使いをやりとげれば、魏冄に憎まれるわけであるが、それだけ魏冄に認められることになろう。信用は、人の表裏に出没する情意の渾殽《こんこう》の先にあるのであろう。

呂不韋は歩きつづけた。うしろを歩く僕人はその健脚ぶりに感心した。ふたりは日が高くなるとしばらく仮眠をとってから、北へ北へとすすんだ。魏冄の配下はそのころようやく騎馬で咸陽をでた。が、かれらは藺相如の帰路で待ち伏せるということしか念頭にないので、道がまるでちがう。藺相如と魏冄との勝負は、すでに章台《しょうだい》においてついていたといってよいであろう。

咸陽をでて十日目の夜に、呂不韋と僕人は雨に遭《あ》った。

雨のなかを呂不韋は歩いた。

たびたび僕人は、

「仲《ちゅう》さま」

と、声をかけた。ふたりには雨衣《うい》がない。雨が衣服をつきぬけてからだを濡らしている。からだを冷やすと健康をそこなうと僕人は心配し、雨をさけて休息したほうがよいといいたいのであるが、使命を考えると強いことはいえないので、うしろから声をかけるだけである。そのたびに呂不韋は、

「藺に着けば、たっぷりやすめる」

と、いうばかりで、とりあわない。敵は魏冄なのである。今後を楽観すれば、その楽観はたちまち死にかわる。

呂不韋が咸陽をでた日に、秦王が斎戒をはじめたとすれば、それは五日でおわり、六日目に藺相如を引見する。そこで秦王は藺相如にあざむかれたことを知り、激怒して、藺相如を殺し、魏冄に命じて璧を追わせるであろう。騎馬が三方に発せられたと考えるべきである。

「七、八、九、十……」

呂不韋は心のなかで指を折った。騎馬は背後に迫っているとおもったほうがよい。

——一夜の差だ。

明日にはかならず追いつかれる。そういう予感にみちたからだは休息を拒否して、朝にむかってすすんだ。

雨がやみ、夜の暗さが落ちたとき、

「舟をさがしてくれ」

と、呂不韋は僕人にいった。あたりに津《みなと》はないので、舟人《しゅうじん》をさがすのに時がかかった。雲を破って日が昇った。

「あれは漁人《ぎょじん》の家ではありますまいか」

なるほど小さな漁舟《ぎょしゅう》がみえる。板屋《はんおく》をたたいた呂不韋は、入り口に少年をみた。かるい失望をおぼえつつ、呂不韋は、

「急用があって、対岸へゆきたいのだが……」

と、いった。意外なことに少年はまったく逡巡をみせず、

「いいよ。乗せてやる」

と、こたえ、家のなかに声をかけた。父が疾《やまい》なのでこの少年が漁をおこなっていることを呂不韋は舟のなかで知った。

舟は黄河に浮かんだ。

呂不韋はふりかえらなかったので、岸辺のことはわからないが、もしもふりかえれば、騎兵の集団が板屋にさしかかろうとするのがみえたはずである。

草廬《そうろ》の老人

一

舟をあやつっている童子の年齢は、むろん呂不韋《りょふい》より下である。十三、四であろう。

——なかなかの面魂だな。

舟中の呂不韋はひそかにその童子を観察し、感心した。

童子は疾《やまい》の父を養いながら生計を立てているせいで、すでに自立した侃《つよ》さをそなえている。呂不韋は二、三年まえの自分をふりかえってみると、とてもその童子におよばないことがわかる。自分は家庭の暗さのなかで拗《す》ねていたにすぎない。その童子には、時の風霜をしのいでゆく気構えがある。

ただしこういう目が呂不韋のなかで育っているということは、呂不韋が確実に成長しているあかしであろう。

対岸に舟がついたとき、呂不韋は童子に金貨をあたえた。童子は金貨をはじめてみたようで、その黄金の輝きのなかにすいこまれるような表情をしていたが、すぐに困惑の表情をした。

礼金をもらうつもりはなかったのであろう。

「よいのだ。これで薬を買いなさい」

呂不韋は藺相如《りんしょうじょ》からかなりの旅費をわたされている。途中で馬車を購入して、一路、藺《りん》へ走らなければならないときもあるからである。が、ここまでくれば、その必要はない。童子に多量の金貨をあたえた。

童子は涙ぐみ、小さくうなずいたあと、

「姓名を、きかせてください」

と、あらたまった口調でいった。

――この童子の父は、生まれながらの漁人《ぎょじん》ではあるまい。

童子のどこかに節義のようなものが立っている。父から教育をうけているのであろう。したがって童子の父は、おそらく士人であり、なんらかの不運な事情があって、川辺にかくれ住むようになったのではあるまいか。呂不韋はそういう空想をした。

「わたしは呂不韋という。童子の名は――」

「馬《ば》です」

「はは、馬は大地を駆けるのに、この馬は舟もあやつる。なんじのゆけぬところはない」

明るい声を発した呂不韋を、馬という少年はまぶしげに仰いだ。姓をいわなかったのは、世にはばかりがあるからであろう。

呂不韋はその童子に心をとどめつつも、足はすでに北にむかって踏みだされていた。

――ここまでくれば。

呂不韋のうしろを歩く僕人《ぼくじん》は安心の表情をしている。もう趙《ちょう》の国にはいっているとおもわれる。が、このあたりは国境というものはなく、秦《しん》と趙と魏《ぎ》との勢力が一進一退をくりかえしており、地図のうえにきれいに線をひけないところである。

ここまでくれば、という安心感は呂不韋にもある。その安心感はやがて体調に異変をもたらした。あと一日か二日で藺であろうとおもわれるところにきたとき、体温が高くなった。しきりに汗がでるのに、呂不韋自身は寒くてしかたがない。僕人は呂不韋の変調に気づいたが、どうすることもできない。あたりに邑はなく、集落さえみあたらない。荒寥《こうりょう》とした野のなかにふたりの影があるだけである。

「寒い」

夜、呂不韋はふるえつづけ、浅いねむりのなかをさまよった。

僕人は心配しつづけた。かれは巾《きれ》を水にひたしてきては、呂不韋のひたいにあて、発熱をおさえようとした。が、呂不韋の体温の高さはあいかわらずで、日が昇るまえに、呂不韋はゆらゆらと起き、食欲がないのでわずかに乾し飯《いい》を口に哺《ふく》んだだけで、すぐに歩きはじめた。

呂不韋は空白のなかを歩いている。

あたりの風景は色と形とをうしない、ただ乾いた前途があるだけで、それを踏みしめているという感覚すらない。自分が疲れているのか、そうでないのか、わからない。

とにかく、

「藺へ――」

という一念があるだけで、その一念が、とても動かぬからだを奇蹟的に動かしているといえた。からだのあちこちから汗がながれ落ちている。それでいて寒いと感ずるのは昨日とかわっていない。呂不韋は極度の不快感のなかにいる。

――わたしは死ぬのか。

ふと、そうおもったとき、

「藺です。藺がみえます」

という僕人の喜びの声をきいた。

「ああ、着いた」

そう叫びたいのであるが、喜悦の声は湧きでてこない。近くにいる僕人の声が遠い。感動も遠かった。

その地点から、藺の邑主《ゆうしゅ》に藺相如の書翰《しょかん》と和氏《かし》の壁《へき》をさしだすところまで、呂不韋にとって淡い光景がすぎ去っただけで、それ以後はすべての光景が消えた。

呂不韋は意識をうしなったのである。

やがて色彩の濃い光景があらわれた。それらは陽翟《ようてき》にいる父であったり、義母の東姚《とうよう》のぶきみな笑顔であったり、鮮乙《せんいつ》との旅であったりした。夢である。数日間、夢と現実との区別がつかなかった。それから、夢は色彩を暗くした。

呂不韋は、藺の城内の宮室の一隅に寝かされており、ひとりの夭《わか》い侍女に看護されていることを知った。

三日にいちど医人の顔をみた。　薬を呑まされるのであるが、それをことごとく吐いた。

「さて、困った」

という顔を医人がした。

呂不韋の衰弱がすすんでいる。

医人のかわりに巫祝《ふしゅく》がきて、祓除《ふつじょ》の詞をとなえた。医人や薬でなおせぬからだは、悪霊のすみかになっているとおもわれたのであろう。巫祝は霊木をもち、呂不韋のからだを打った。いわば悪霊をたたきだそうとしたのである。侍女はそれをはらはらした目つきで見守っていたが、ついに巫祝の袖をとり、

「どうぞ、おひきとりを――」

と、強い声でいった。女の目からは、呂不韋が撲殺されそうにみえたからである。呂不韋の肌膚《きふ》に浮きでている熱は引かない。そのからだは痩せ衰えてゆくばかりである。それを見守っていた侍女は、

――この童子は死ぬ。

と、痛切に感じ、邑主に申しでた。

侍女の出身の郷《さと》に難病を治した老人がいる。が、その老人はけっして郷からでな

いので、呂不韋を郷につれてゆき老人にみせたい。

そういう訴願である。

邑主はためらうことなく首を横にふった。

「ならぬ」

ということである。侍女のいう老人とは郷にいる祝《しゅく》であろう。城内に招いた巫祝のまじないで治らぬからだが、その老人によって回復するとは考えられない。それに、呂不韋のからだをうごかすと生命に危険が生ずる。そういう理由で邑主は侍女の訴願をしりぞけた。

侍女は青ざめてうなだれた。

呂不韋のからだをうごかせば死ぬかもしれないというが、このままでも、まもなく死ぬであろう。自分なりに手をつくしてもだめであったというのであれば、あきらめもつくが、なにもせずに呂不韋の衰弱を見守っているのはたまらない。

――人の病《やまい》を治すのは、薬ではなく、けっきょく人だ。

と、侍女は父母から教えられている。医人や神からみはなされた病人を救うのは、人の魂ではないか。侍女はそう信じて、昼夜、呂不韋の枕頭《ちんとう》にいて、病身を消耗させている熱をのぞこうとつとめた。そういう必死さというのは、天を動かすことがあるのであろうか。

仮眠をとっていた侍女は、城内のさわがしさを感じて、目を醒《さ》ました。いそいで立ち、ほかの侍女に、

「何があったのですか」

と、きいた。その侍女は目もとと口もとを笑みで飾り、

「御使者がご帰還なさったのです」

と、はれやかにこたえた。

――藺氏が生還なさった。

看病に疲れていた侍女の心がひさしぶりにときめいた。

この侍女は、

「僖福《きふく》」

と、よばれ、その名からふくよかな容姿を想像しそうであるが、山野に馴《な》れて育っただけに、ひきしまった肢体をもっている。僖福は呂不韋という童子の正体を邑主からきかされず、ただ、

「わが国とわが王の名誉をいちだんと高めてくれた者だ。粗略にはあつかえぬ」

と、いわれた。その後城内では、秦へむかった使者の藺相如はいまごろ秦王に誅《ころ》

されたであろう、ととりざたされた。それをきいた僖福は、この童子が藺相如の従者であることをさとった。ほどなく和氏の璧のうわさも耳にとどいた。

「いま城内の一室で病身を横たえている童子が、秦の虎口をのがれて、和氏の璧を持ち帰った者だ」

僖福は感動した。その感動が、

——この童子を死なせたくない。

という意志を産んだといえる。

藺に到着した藺相如は、

——呂不韋が死にかけている。

と、僕人からきき、邑主への挨拶もそこそこに、病室へ急行した。枕頭からしりぞいた僖福は、

——もはや、この使者に訴えるほかはない。

と、覚悟をさだめた。

二

呂不韋《りょふい》の目に涙が浮かんだ。

藺相如《りんしょうじょ》の顔をみた呂不韋は、小さなおどろきさえ湧かず、

——なにゆえ、この人はここにいるのか。

と、ぼんやり考えた。藺相如は秦《しん》で亡くなったはずなのに、目のまえにその容姿があるということは、自分も死んだのか、とおもったが、しばらくすると、そうではないことに気づいた。藺相如は生還したのである。呂不韋は感激した。ところが、いまの呂不韋はその感激と自身とが一致しない。わずかに涙をながしただけである。

「仲《ちゅう》どの、よくやってくれた。すでに璧《へき》はわが王のもとにとどいている。はやく回復して、邯鄲《かんたん》の春を楽しみましょうぞ」

と、藺相如ははげました。しかしながら、呂不韋のあまりの顔色の悪さに、

——仲どのは、わしのかわりに死ぬかもしれぬ。

と、おもわれてきた。

藺相如の生還は奇蹟的であるといってよい。

秦の昭襄《しょうじょう》王は五日間の斎戒《さいかい》をおえて、九賓《きゅうひん》の礼をもって藺相如を招いた。この鄭重《ていちょう》さに昭襄王の譎詐《けっさ》を感じなかった藺相如は、

――この王には純粋さがないわけではない。

と、心の側面でおもいつつ、それだけにいよいよ自分の死が近づいたことを全身で感じながら、口をひらいた。

「秦は穆《ぼく》公よりこのかた二十余君がおられます。それらの君は、いまだかつて、約束を堅く守ったかたはひとりもおられません。それゆえ、臣《わたし》は、王に欺《あざむ》かれて、趙《ちょう》にそむくことになることを恐れ、璧を人に持たせて、ひそかに趙へ帰らせました。秦は強く、趙は弱い。大王のたったひとりのお使いが趙にきただけで、趙はたちどころに璧を奉じることをいたしました。秦がはじめに十五城を割《さ》いて趙に与えてくださったなら、趙としては、どうして璧をとどめて、大王に罰せられるようなことをいたしましょうか。臣が大王を欺いた罪は、誅殺にあたると存じております。どうか湯鑊《とうかく》（釜ゆでの刑）に就かせていただきたい。大王におかれては、群臣と計議《けいぎ》なされますよう」

端重な容姿からすずやかな声が放たれた。

――しまった。

と、舌打ちをしたのは魏冄《ぎぜん》である。蟻がはいでるすきまさえふさいでいたつもりであるのに、藺相如はその密封の手が打たれるまえに蟻を外に放ったらしい。

——蟻なら馬で追いつける。

台上にどよめきが起こったのをよそに、魏冄は不機嫌に立ち、属吏をつかまえて、

「北路に人をやり、趙の使者の従者を捕らえよ。戍兵《じゆへい》(国境警備兵)にも、そのことを伝えよ」

と、命じた。魏冄の考えでは、藺相如の従者がどれほどいそいでも、まだ国境までに数日を残している。北路以外は魏冄の配下の目が光っており、藺相如の従者は北路をとったにちがいないのである。また、趙の使者がつかう車馬は、秦の役人が管理しており、急行する従者は馬をつかうことはできなかったはずである。

——まだ、まにあう。

魏冄は藺相如ごとき弱国の賤臣におくれをとる自分がゆるせない。

——まてよ。

台上にもどった魏冄は、あることに気づいた。

いま、昭襄王の側近が藺相如の衣服に手をかけ、連行しようとしている。それをほとんどみないで魏冄は、

——藺相如はほんとうに璧を従者にもたせて、趙へ帰したのか。

と、疑った。じつは副使か臣下にかくし持たせているのではないか。藺相如が死んだあと、随行者は秦を去る。そのとき璧を携帯していれば、まんまと璧も帰国することになる。藺相如の従者に欠けた者がいたかどうか、再調査する必要がある。魏丹は台上できびすをかえした。それゆえ、昭襄王が側近に制止の声をかけ、

「ここで相如を殺しても、璧は手にはいらぬ。しかも、秦と趙の誼《よしみ》を絶つことになる。厚遇して、趙に帰すほうがよい。趙王とて、ひとつの璧のことで、秦を欺くことはあるまい」

と、寛容さをみせたことを、魏丹はあとで知ることになった。ところで昭襄王のさいごのことばである、

「ひとつの璧のことで——」

というのは、楚《そ》からひとつの璧をもらったくらいで——、と解すべきであろう。多少の恫《おど》しがふくまれているといえないことはない。

とにかく、藺相如は死をまぬかれた。

——こういう王か。

藺相如はおどろいたが、あとで魏丹はもっとおどろいたことであろう。それぞれ

が昭襄王のべつの貌《かお》をのぞきみたおもいがした。

——やはり、秦はあなどれぬ。

藺相如は昭襄王の礼容をくずさぬ落ち着きぶりをみて、はじめて秦の威力を実感した。その藺相如を礼遇し、帰国をゆるした昭襄王に、当惑をおぼえた魏冄は内謁し、

「あの者は、やがて秦にわざわいをもたらすでしょう。殺すべきです」

と、言を進めた。

「藺相如は胆知と忠誠とをあわせもった臣だな。そうであろう」

「それゆえ秦にとっては奸悪《かんあく》な外臣になるのです」

「そうであろうか。相如は帰国すれば国政に参与する地位に昇ろう。さすれば、相如はわしの恩を知る者だけに、秦に兵馬をむけることはせぬ。そのほうが、璧を得ることより、秦にとって、大きいことではないのか」

りきみのない声が、魏冄に息を呑ませた。

幼少のころからおとなしく、わずかに覇気《はき》をみせるものの、知恵において魏冄を感心させることのなかったこの王が、大器の片鱗をみせたのである。

——この王は晩成するのか。

昭襄王を意のままにあやつってきた魏冄は、自分の権力を保持し伸長させるために、この王の長寿を願ってきたが、自分の手に負えぬ志性のありかたにはじめてふれたおもいがして、かすかな悪寒をおぼえた。ついでにいえば、魏冄が全身で秦に奉仕してきたのはここまでで、以後、自領の拡大をはかり、秦からはなれてもゆるぎのない国家を建設しようとひそかに計画する。そのためには、秦が斉《せい》から奪った陶《とう》という東方の邑がどうしても必要になる。いまの食邑《しょくゆう》の穣《じょう》では、秦に近すぎるのである。魏冄としては穣の防備に堅固さをくわえておき、陶を本拠とする一大国家を東方に展開するのがよいのである。さらにいえば、その計画はなかば成功するものの、陶という国は生長をとげずに熄《や》む。

それはそれとして、昭襄王に宥免《ゆうめん》された藺相如は、この年からかぞえて二十三年後に亡くなるが、その後半生のなかで、秦に兵馬をむけたことはいちどもない。寛容力は武力にまさるという例であろう。

藺相如は帰途も魏冄の配下にいのちを狙われることはなかった。魏冄が再調査をおこない、藺相如の従者に欠員が生じていることをつきとめたか、この件に関する興味をうしなったか、どちらかであろう。

副使をはじめ藺相如に随行した者はすべて誇り顔で趙の国内にはいった。それはそうであろう。諸国の君主さえ畏縮する秦の昭襄王に威圧されず、和氏《かし》の璧《へき》をだまし取られることなく、しかも趙と秦との交誼《こうぎ》をそこなわず、むしろ礼遇されて、弱国の使者が強国の王と対等の席に就いたといううごかしがたい事実をたずさえての帰国である。

「快事だ。どうだ、そうではないか」

従者は関所の役人をつかまえ、熱弁をふるった。

うわさは先行した。

藺の邑主はそのうわさにふれるとすぐさま使者を藺相如のもとにさしむけ、和氏の璧を受け取り、趙王のもとにとどけたことを告げた。呂不韋が重病であることはそのとき告げなかった。したがって藺相如は、邑門の近くで、呂不韋がすこやかな顔で自分を迎えてくれるものだと考え、肩の荷をおろしたあとのやすらぎをおぼえつつ、藺邑にはいったのである。が、藺相如にけわしく走り寄ってきたのは、呂不韋とともに秦を脱出した僕人《ぼくじん》であり、その顔は濃い憂色におおわれていた。

その憂色を胸におさめた藺相如は、病牀の呂不韋を見守りつつ、暗いため息をついた。

——昼夜兼行して、璧を守りぬいてくれたのか。

その努力をわずかな人に知られただけで、この童子の春秋は閉じようとしている。呂不韋の身をあずかった藺相如としては、陽翟《ようてき》の家族に何といって報《しら》せたらよいのか。

ふたたびため息を膝もとに落とした藺相如は、遠いところですわっている侍女に気づき、

「医人は――」

と、きいた。まさかこの病人を医者に診《み》せずに放置しているのではあるまいが、医者がきたのであれば、その見立てを知りたかった。

「病因については、首をひねっておられました。いちおう薬をつくってくれましたが、呑みこむ力がないのです。医人にみはなされましたので、巫祝《ふしゅく》を招き室内を清めました」

「そうか……」

手をつくしてくれたことを知って藺相如は多少のなぐさめをおぼえた。

呂不韋はもう目をあける力もないようである。

――仲どの、ゆるせ。

藺相如はいつまでも藺にとどまっているわけにはいかない。明朝、発《た》つのである。

呂不韋を捨ててゆくしかない。

「あの……」

侍女は必死のまなざしを藺相如にむけた。

「何か――」

「お願いがございます」

僖福《きふく》は郷《さと》の老人のことを語《つ》げた。

三

その夜のうちに呂不韋《りょふい》のからだは藺邑《りんゆう》から僖福《きふく》の郷《さと》へ移された。馬車をつかっての慎重な移動である。

藺相如《りんしょうじょ》は呂不韋につきそって郷へゆくことができないので、急遽、藺邑に住む親戚の者を城内に招き、後事を託すことにした。

高告《こうこく》という年配の者である。おだやかな相貌をもっている。藺相如から事情をうちあけられると、かすかに眉をひそめ、僖福をちらりとみてから、小さくうなずいた。

僖福に軽佻《けいちょう》なものがみえなかったせいで、この話にはいちおう信がおけると判断した顔である。

郷は藺邑からさほど遠くないのだが、馬を走らせるわけにはいかないので、到着するのにかなりの時を要した。

大きな集落である。その集落のはずれは小高い丘の麓にあたり、そこに草廬《そうろ》がたっていた。僖福は小走りをして入り口に近づき、

「芊老《せんろう》、芊老」

と、よび、ねむっている老人を起こした。

入り口にすえた大きな甕《かめ》のうえから外をみた老人は、炬火《きょか》がならんでいるので、とたんに不快な表情をした。が、甕にすがりつくように立っている僖福に気づき、

「福ではないか。どうした」

と、迷惑げにいった。

僖福のうしろに立っていた高告は、老人のけわしい口調とはべつに声に温かさがふくまれていたように感じたので、いやな感じはうけなかった。高告としては、この老人が病人を拒絶すれば、すぐさま藺邑に引き返して、自宅において呂不韋を看護しなければならない。押し問答をしているひまはなく、また、老人が怪しげな呪《じゅ》

術《じゅつ》者であれば、僖福を掣《せい》するつもりであった。

高告が老人を観察しているあいだに、

「もう芊老しか、頼る人がいないのです」

と、僖福は車上の病人をゆびさし、病状を話し、涙をながして老人をかきくどいた。

芊老は横をむいてきいていたが、やがて、

「わしは死ぬときまった者を助けることはできぬ。生きる者を活《い》かすだけだ。まあ、いちおう診《み》てやろう。病人をなかにはこんだら、あの者たちは帰ってもらう。残るのは、福だけだ。わかったな」

と、さらりといい、闇に消えた。

「わかっています」

喜びを全身にひろげた僖福は、ふりむいて、

「おききになりましたか」

と、高告にいった。高告はうなずき、僕人《ぼくじん》たちをつかって入り口の甕をうごかし、呂不韋を草廬のなかの筵《むしろ》に寝かせた。老人は炉に火を起こし、鼎《かなえ》をすえた。この草廬に似つかわしくない金器である。高告がそうみているうちに老人は呂不韋の衣服

をぬがせ、膚体を手でさわりはじめた。それから竹の筒を手にとったところで、

「さあ――」

と、いった。でていってくれ、ということであろう。高告は僖福の袖をかるくひいて、草廬の外にいざなうと、

「わしの住所を教えておく。何かあったら報《しら》せてもらいたい」

と、いった。何か、というのは、呂不韋の死もふくまれている。

高告はその老人を半信半疑でみた。老人は医術らしいことを知っているようであるが、それ以上は不透明である。かといって、自分が呂不韋をひきとって回復させるという自信はない。すでに僖福という侍女が献身的な看護をしてきた末に、病人はこういう状態である。けっきょく呂不韋の遺骸を陽翟《ようてき》の実家にとどけるというのが自分の役目になるであろう、と高告は考えつつ夜道を帰った。

芊老はすっくと立って入り口へゆき、炬火が遠ざかるのをたしかめると、僖福をよんだ。

「囊《ふくろ》をもって、ついておいで」

炬《きょ》をつかんだ芊老は僖福をしたがえて草廬をでた。丘をわずかに登って、草の斜面をかきわけた。岩室《いわむろ》があらわれ、正面の岩をはずすと、なかは木の実で満ちてい

た。

　僖福は目を見張った。

「福はこのあたりでよく遊んでいたが、これには気づかなかっただろう」

　芊老は笑った。けわしさを解いた笑いである。

「おどろきました」

「室はほかに五つある。物が腐るのをふせいでくれている」

「まったく知りませんでした」

「孺童《じゅどう》に知られると、室は空《から》になる。空になってから叱ってもはじまらぬ」

　そういいながら芊老は木の実をとりだして嚢にいれた。かなりの量になった。とても僖福ひとりではこべない。ふたりで往復した。

「水は、室のものをつかう」

　草廬の近くに井戸があるが、水質が悪い、と芊老はいい、丘をさらにのぼって岩室の戸をひらいた。清水《せいすい》が湧いている。その水が岩室の外にさほどしみだしていないのがふしぎであった。

　僖福は小さな桶を渡された。その桶で清水をくりかえし草廬にはこんだ。草廬のなかは、すでに鼎から立ち昇る湯気であたためられていた。芊老の指示でその湯を汲みだし、自分がはこんできた清水をそそぎ、木の実をいれた。そのあいだに芊老は薬草をえらび、石の器のなかですりつぶしていた。

「しばらく休んでおれ」

そういわれた僖福は筵のうえにすわり、巾《きれ》で顔や首の汗をおさえ、呂不韋をのぞきこんだ。蒼白そのもののからだである。

――死んだのでは……。

僖福ははっと病人の呼吸をうかがった。息はある。ほっとしたせいか、僖福はねむくなった。

地に吸いこまれるようなねむりかたをした。物がふるえるような音で目が醒《さ》めた。芊老が小さな金器にむかい、木の棒をゆっくりうごかしている。なにかを練っているようである。

ゆらりと立った僖福は鼎のなかをのぞいた。新しい水が張られ、木の実がぎっしりといれられていた。

芊老は僖福に目をむけ、

「この童子は口からでは薬をうけつけぬので、皮膚に吸わせることにする。それには僖福の手助けが要《い》る」

と、抑揚のない口調でいった。

「はい、何でもいたします」

「では、この童子の衣服をすべて脱がせ、福も衣服を去るのだ」

僖福は自分が裸になると知って、わずかにおどろきをおぼえたものの、羞恥の色に染まることはなかった。

ためらわず僖福は衣服をぬいだ。

人のいのちを救おうという神聖な真摯《しんし》さのなかにある強い行為であるといえる。

夜明けまえの冷気に僖福の全身はさらされ鳥肌が立った。しかし実際は、草廬のなかはあたたかく、僖福のふるえはすぐに消えた。ここにはその女体の鑑賞者はいないが、もしもいたとすれば、その均斉のとれた美体に驚嘆したであろう。その肌膚《きふ》はねむりから脱し切っておらず、淡雲《たんうん》に抱かれているような、夢を追うあたたかさを保っている。

芊老はその裸身を自分の横に立たせ、金器のなかで練りおえたものを、棒の先にとった。黒く、どろりとしたものである。よくみると、それは紫色をふくんでいるようである。けっして目にこころよく映るものではない。

「人の肌でゆっくり溶かすのがよい」

と、芊老はいい、粘性の強い液体を僖福の唇に塗り、さらに首に、胸に、腹に、脚にというように塗っていった。

「これでは足りぬかもしれぬが、今日は、これでよかろう。その童子を抱いてやりなさい」

芊老は呂不韋の唇を僖福に吸わせ、それからふたりの四肢をゆるやかにくみあわせた。

「息苦しくても、少々耐えてもらわねばならぬ。夜が明けたら、ほどく」

と、芊老は僖福にいいきかせ、ふたりを筵で巻いた。

事情を知らぬ者がこの草廬にはいったら、その筵のふくらみを何とみるであろうか。

芊老は鼎をながめ、水を加えてから横になった。煮つめてゆくと、鼎いっぱいの木の実が、拳《こぶし》ほどのかたまりになる。それを小さな金器に移して練るのである。

僖福は多少の息苦しさを感じながら、張りをうしなった童子の四肢の冷たさを哀しんでいた。ほとんど反応をなくしたからだを抱いている自分の異様さをおもっているうちに、全身が発汗しはじめたらしく、液体を塗られたところにぬめりが生じつつあることがわかった。その感じが不快であったのは、はじめのうちで、すぐに名状しがたい快感にかわった。香気とはいかないが、人を陶然とさせる臭いに全身がつつまれた。自分がそのなかにいることにはじめて羞恥をおぼえ、からだがいっそう熱くなった。呂不韋のからだがなければこういうふしぎな快感はないであろうとおもうと、男と女とがふれあったときに生ずる窈靄《ようあい》さに僖福は打たれたおもいがした。僖福は自分でもおどろく大胆さで男を窔《くる》んだ。しばらく自分を忘れていた。

呂不韋のからだがうごいた。

「芊老――」

と、叫ぼうとして、その声をのどでおさえた。呂不韋の唇が僖福の首から胸へゆっくりおりて、乳房でとまった。乳首にほのかな息がのぼってくる。

――わたしを母とまちがえている。

呂不韋の唇は乳首を吸った。舐《な》めているという感じから、はっきり吸っているという感じにかわったとき、呂不韋の生命の回復のきざしを、僖福はときめくような鮮烈さでとらえた。

明暗のかなた

一

草廬《そうろ》の入り口をふさいでいた甕《かめ》は、すでになかに移されていて、岩室《いわむろ》から汲んできた清水《せいすい》を湛《たた》えている。

なかば空《から》であった甕は、死灰《しかい》の色しかもっていなかったが、たっぷりと水をふくむと、艶《つや》をにじみだしてきた。土と水とがふれあうことによるふしぎさといえるであろう。

芊老《せんろう》は入り口に簾《すだれ》をかけた。その簾のむこうにあった夜の色が消えつつある。

「まもなくか……」

と、芊老がつぶやいたとき、筵《むしろ》が動いた。

僖福《きふく》がからだをはなすと、呂不韋《りょふい》が嘔吐《おうと》したのである。芊老はすばやく筵を解いた。呂不韋は数日間何も食べていないので、音だけが口からでた。それから目をひらいた。

芊老は呂不韋の口におもむろに薬湯をながしこんだ。

「また吐くかもしれぬが、もう福に裸になってもらうことはあるまい。井戸でからだを洗い、衣服をつけなさい」

「それでは――」

僖福の目に悦《よろこ》びの涙が浮かんだ。

「この童子は生きようとしている。それゆえ、死ぬことはない」

そういった芊老は心のなかで、

――わしは死人を生き返らせたわけではない。当然生きる者を、わしが起《た》たせたにすぎない。

と、つぶやいた。これは芊老のことばであるというより、中国古代で最高の医人であるといわれる扁鵲《へんじゃく》のことばである。伝説に充ちた人物である。のちに漢《かん》の司《し》馬遷《ばせん》は『史記《しき》』のなかにかれの伝を立てた。それによると扁鵲は勃海《ぼっかい》郡の鄚《ばく》の出身で、姓は秦、名は越人《えつじん》であるという。秦も越も国号とおなじであるから、秦越人が、はたして真の姓名であるのか疑いたくなる。また鄚という邑は、戦国時代では斉《せい》に属し、秦王朝期には鉅鹿《きょろく》郡に属し、勃海郡に属すようになったのは漢王朝がひらかれてからである。黄河の下流は大きくふたつにわかれ、南北ふたつの黄河のあいだを河間《かかん》というが、鄚はその河間にあり、より正確にいうと北をながれる黄河のほとりにある邑である。

扁鵲が漢王朝のころの人であれば、それでよいのであるが、かれは虢《かく》という国の太子を蘇生させ、趙《ちょう》国の基礎を築いた趙簡子《ちょうかんし》が昏睡から醒《さ》める日をいいあて、斉の桓《かん》侯（桓公小白《しょうはく》か桓公午《ご》かは不明）に会って、健康にみえる桓侯のなかで病気がすすんでいることを指摘した。秦の太医令《たいいれい》である李醯《りけい》は、自分の医術が扁鵲におよばないことを知り、刺客をさしむけて、扁鵲を殺した。

扁鵲はおどろくべき長寿である。

なぜなら、虢という国が滅んだのは周《しゅう》の恵《けい》王の二十二年（紀元前六五五年）である。当然扁鵲はそれ以前に虢の君主に会っている。斉の桓侯が小白のことであれば、小白の死は周の襄《じょう》王の十年（九年説もある・紀元前六四三年）であり、午のことであれば、午の死は周の顕《けん》王の十二年（紀元前三五七年）である。また趙簡子が活躍したのは周の敬《けい》王の時代で、孔子《こうし》が生きていたころとかさなる。ちなみに趙簡子の死は周の元《げん》王の元年（紀元前四七五年）である。『戦国策《せんごくさく》』にも扁鵲は登場し、秦の武《ぶ》王の病《やまい》を治そうとしたが、側近の者にはばまれた。秦の武王が亡くなったのは周の赧《たん》王の八年（紀元前三〇七年）である。扁鵲が暗殺されたのは、武王の病にかかわりがあったせいかもしれない。

つまり扁鵲は春秋初期に生まれ戦国中期に死んだことになり、三百五十年以上生きたといわざるをえない。

扁鵲という個人が生きたのではなく、扁鵲という名が生きたのであろう。そうなると考えられることは、扁鵲の子孫はみな扁鵲と名告《なの》り、その家系に百年に一人のわりで名医がでたか、各時代に天下一の名医が扁鵲とよばれたか、のどちらかであろう。

芊老は扁鵲の子孫ではない。

扁鵲の弟子に子豹《しひょう》という者がおり、その末裔《まつえい》である。扁鵲には子陽《しよう》と子豹というふたりの高弟がいた。子陽は鍼《はり》に長じ子豹は薬に長じていた。このふたりの名が史書に記されたのは、扁鵲が虢の太子を生き返らせたとき、師に随行していたためである。

「扁鵲は死人を生き返らせた」

と、天下の人々をおどろかせた中国医学上の事件は、扁鵲が弟子たちをつれて虢国をおとずれたことによっておこった。

そのときというのは、虢の太子が急逝した直後であった。

扁鵲は太子の側近に医術を好む者がいることを知り、その者に会って、病状と死因とをきいた。

「血気不時交錯《けっきふじこうさく》」

が、死因であり、

「暴蹶《ぼうけつ》」

が、死にぎわのありさまであったという。

不時は不順といいかえてもよい。血行と呼吸が突然乱れたということであろう。

暴蹶はにわかに逆上することである。

「いつお亡くなりになったのです」

「鶏鳴《けいめい》から今のあいだです」

「納棺なさいましたか」

「まだです。亡くなられてから半日もたっていませんから」

「わたしは斉の勃海の秦越人と申す者です。いまだかつて太子にお目にかかったことはありませんが、太子が不幸にもお亡くなりになったことをきき、わたしは太子を生き返らせることができると存じます」

そういわれた側近は、顔色を変え、

「妄誕《ぼうたん》を申されるな。どうして太子を生き返らせることができましょうか」

と、いった。この側近は侍医ではないが、それに近い存在であり、自分の見識に誇りをもっている。それゆえ、上古に兪跗《ゆふ》という名医がおこなったという手術を例に引き、それと同様なことをこの医人がおこなうというのであればわかるが、そうでなければ、

「嬰児《えいじ》にも話せぬようなことです」

と、侮蔑をほのめかした。すると扁鵲は天を仰ぎ、

「あなたのなさりかたは、管をもって天を窺《うかが》うようなものであり、郄《げき》（すきま）をもって文様を視《み》るようなものです」

と、側近の学識のせまさをなげき、

「ためしに太子を診察なさるとよい。耳が鳴り鼻が張るのがきこえるはずですし、両股《もも》をさすり陰部に至れば、まだ温かいはずです」

と、おしえた。

──耳鳴《じめい》と鼻張《びちょう》を聞く。

というのは医学に昏《くら》い者にとってはわかりにくいことではあるが、死人の血行が停止しておらず呼吸が熄滅《そくめつ》していないことをいうのであろうか。

とにかく、おどろいた側近は虢君に報告し、虢君も大いに驚き、さっそく扁鵲を引見した。

それから扁鵲は、死んだとおもわれていた太子を起きあがらせた。そのやりかたは、まず、弟子の子陽に砥石《といし》で鍼を厲《と》がせ、三陽五会を刺した。からだには三陰と三陽とがあり、太陰、少陰、厥陰《けつ》を三陰といい、太陽、少陽、陽明を三陽という。また五会というのは、百会、胸会、聴会、気会、臑会《じゅ》のことである。百は、もともと親指のことであるが、股という意味にかわった。のちにあらわれた『黄帝内経素《こうていだいけいそ》問《もん》』という医学書によると、人体を上下にわけると、上半身が陽、下半身が陰である。前後にわけると、前が陽、後が陰である。太陽は陽気を発する表をつかさどり、陽明は陽気のひそむ内奥をつかさどり、少陽は陽気の出入りする中間をつかさどっている。

鍼治療をされた太子は、しばらくすると蘇生した。

扁鵲は弟子の子豹に熨《あぶ》り薬をつくらせ、調合剤とまぜて煮つめ、太子の両脇の下に貼った。

それによって、太子は起坐したのである。

さらに扁鵲は太子に薬湯を二十日間呑ませて、すっかりもとの健康体にもどしてしまった。

天下の人々はそれを知って驚嘆したが、扁鵲は、わたしは死人を生き返らせたわけではない、当然生きる者を、わたしが起たせたにすぎない、といった。子豹は師のことばを子孫につたえたのである。

芊老のみた呂不韋は重病人ではなかった。

疲労が体内に蓄積したにすぎない。ただし邪気をどこかで吸いこんだらしく、その邪気を燃焼させてしまえば、あとは体力を回復させるだけでよい。が、残存の体力が邪気の燃焼のためにつかわれ、からだが冷えきっていた。邪気の燃焼がおわりに近づいていたのは、僖福の献身的な看護のせいであろう。

――陰徳をなせば、陽報にめぐまれよう。

ここまでの僖福のありかたは、主命を超越した善意にみちたものである。人のいのちの大切さを自分なりに体現したともいえる。その心身の努力は人の目にはみえにくいものであるがゆえに、かえって神の目にはかなうものである。そういう者に、将来、嘉《よ》いことがおとずれないはずはない。

芊老は、壮年のころは、多くの弟子をかかえた名医であった。が、ある国で政争にまきこまれ、医人の本分を忘れた自分をはげしく嫌悪して、突然隠逸《いんいつ》した。

――わしのつくった毒で、たれかが死んだであろう。

それをおもうと、からだじゅうに苦《にが》みがまわる。生きるべき人を殺したことは、医人の道に悖《もと》る行為である。芊老はこの郷《さと》に流れ着き、医人であったおのれを隠密のなかに沈め、幽人として寡默にすごしてきたのである。

が、たまたま郷のなかで歩行もままならぬ病人をみて、あわれみをおぼえ、治療をほどこした。病人はうそのように立ち直ったのである。それを郷人の娘である僖福はおぼえていたのである。僖福は芊老の草廬のまえを通りかかるとかならず声をかけ、父母にいいつけられたといい、魚や羊の肉をおいていった。芊老が治した病人は、僖福の母の兄にあたるらしい。そういう少女であった僖福が、すっかりおとなびたからだをもって、芊老のまえにいる。

僖福は衣服を手にして草廬をでて、井戸の水を浴びた。その水が朝日にきらめき、僖福の全身を輝かせた。

行った。

二

いちど僖福《きふく》は藺邑《りんゆう》にもどった。邑主に報告するためである。それから高告《こうこく》の家へ行った。

はつらつとした容姿が高告の目前にある。

――こういう娘であったのか。

高告はあらためて僖福に新鮮な美しさを感じた。郷人の娘ではあるが、邑主の侍女になるからには、長といわれる人の推薦をへているにちがいない。郷人というい いかたのなかに藐視《びょうし》がふくまれていて、郷人は野人《やじん》といいかえてもよい。が、高告はここで僖福をみなおしたのである。それどころか、

――わしの子の妻として、もらいうけたい。

と、おもいはじめた。

高告の子の高睟《こうすい》は遊学中である。帰国すれば、当然、趙《ちょう》で仕官することになる。高睟はいま二十七歳であり、僖福は十七、八歳にみえるから、高告は、

――二年後にはふたりを結婚させたい。

と、想像をすすめた。

「それにしても、よくぞ、死ななかったものだ」

高告は呂不韋《りょふい》の生命力の強さに感心した。医術を学んだことのない者の目からすると、どうみても呂不韋は死の淵に顚落《てんらく》しつつある者であった。

「芊老《せんろう》の話では、呂氏はあと三十日ほど薬湯を呑み、それから精気をたくわえてゆかねばならぬそうです」

完治には、二、三か月を要するということである。

「その芊老だが……、もとは医人であったとみた。あの病人を治したとなると、そうとうな名医であったか」

「わたくしには、わかりません」

僖福の目は幼少の曇りからぬけたところにあるので、芊老が風変わりな隠者にすぎぬとはみず、名のある医人であったにちがいないとみたものの、芊老が素姓をかくすには深いわけがあり、それをあえて問うような穿鑿《せんさく》ずきではなく、たとえ老人の素姓を知っても高告に語《つ》げるような軽佻《けいちょう》さは僖福にはない。

そういう心思のありかたが、僖福の口調や目容の匡《ただ》しさから、高告に感じられて、

――この娘は淑徳をそなえている。

とさえおもわれ、ますます愛着をおぼえた。

「それにしても、あなたは、人のいのちを救った。みあげたものだ」

「わたくしなど……」

「いや、謙遜なさることはない。呂氏が成人となり、おなじように人を救う善行をおこなえば、あなたは何人ものいのちを救ったことになる。ただし、呂氏が悪人になれば、あのまま亡くなったほうがよかったことになるが、そういうことはない。生死の境でさまよい、他人に助けられた者が、悪人になったということはきいたことがない。かならず善人となって他人のためにつくすだろう」

高告はそういいながら、ふと、べつなことを考えた。

呂不韋はすでに趙王と藺相如《りんしょうじょ》のために一身をなげうって璧《へき》を守りぬいた。ところが、そのことはほとんどの国民の知るところにならぬであろう。が、それゆえに、天の憐れむところとなった。天が僖福をうごかして、呂不韋を救ったのである。天が呂不韋を殺さないということは、呂不韋に大きな事業をなさしめようとしているのか。

――それなら天は、呂不韋に、さらに大きな苦難を強いるにちがいない。

偉人とは苦難のかたまりのようなものだ。偉人になりたいと望むことは、天に、死ぬほどの苦難をくださいとねだることだ。苦難のない人などこの世にいないが、その苦難の量と質によって、庶民は庶民でしかなく、賤臣は賤臣でしかないといえる。藺相如は趙王の陪臣にすぎないが、多数の人の一生ぶんの苦難をわずかなあいだに背負い、克服したことで、復命後に昇進することは確実であろう。一見、うらやましい人事ではある。が、当事者としてその昇進は、あらたに量と質のちがう苦難に直面させられることにほかならない。天によって選ばれた人とは、おそらくのがれようのない運命にはめこまれた人のことだ。生まれたときから、おのれの恣意《しい》を奪われ、運命のなかにすえられてしまう人がいる。それが王なのである。それゆえに王なのである。

——人は晩成するほうがよい。

天に束縛された青春など、花のない苑池《えんち》のようなものだ。

高告は呂不韋のためにそう願った。

かれは官界に身をおいたことはなく、父祖の遺産を増減させることなく家を運営し、かれなりに生活に工夫をこらしつつ、世の辛酸をひととおりなめてきた。欲のあるようなないようなところで安心をさだめたことは、みかたによっては、高告は人生の達人であるともいえる。だが、子の目から父をみると、それは平凡そのものにみえたようで、高睟は父を批判するかのように、遊学の旅にでた。

——それもよかろう。

と、高告はおもっている。旅はべつの教育の場である。なまじ父が子を教えるよりよい。呂不韋をみればあきらかである。旅がこの童子を啓佑《けいゆう》しているにちがいない。

「呂氏の養生のことだが……」

高告は僖福のことばの裏をさぐった。

呂不韋が健康をとりもどすには二、三か月を要するとなれば、たれかがかれをあずからねばならない。藺の邑主がそれをするはずはなく、僖福の父母がゆかりのない少年のめんどうをみるとは考えにくい。

——わしが呂不韋をひきとり、藺相如のもとに送り返そう。

そのことを高告は僖福にいった。僖福はほっとしたようすで、

「よろしくお願い申します」

と、いい、ゆるやかに頭をさげた。

芊老の草廬《そうろ》にもどった僖福は、邑主からさずけられた礼物をおいた。芊老はちらりとそれをみて、

「まあ、もらっておくか。無償で人助けをしたという思いがあると、それが心のしこりとなる。礼物をうけとると、そのしこりがとれる。小人《しょうじん》が肩肘《かたひじ》を張らずに生きてゆくには、そのほうがよい」

と、幽《ほの》かに笑った。

――芊老は小人ではない。

はじめてこの草廬のなかで起居をした僖福は、芊老というえたいのしれない老人の情性をかいまみたおもいがした。かれの人格はむこうのみえない窈冥《ようめい》としたものであるが、しかしながらそこには高爽《こうそう》な風が吹いていると感じた。僖福は芊老のまえで裸身をさらした。が、芊老の目に陋劣《ろうれつ》な色はあらわれなかった。そのことだけで、

――この人は、一段、高いところにいる。

と、僖福はおもった。

草廬のなかがなんとなく明るい。

呂不韋の目がひらいている。その目が、感謝をこめて僖福をみつめている。僖福は呂不韋の目に微笑を近づけ、

「明日、高氏が迎えにきます」

と、やわらかな声でいった。一瞬、さびしさが胸をよぎった自分におどろいた。呂不韋が高告の家へ移れば、自分の役目はおわってしまい、呂不韋をふたたびみることはない。そのことにあらためて気づいたのである。

呂不韋の目がうるんでいる。

——目をひらきつづけていたので、疲れたのでしょう。

と、僖福はあえておもったが、心の底にかすかな哀音《あいいん》が立った。

しばらくすると呂不韋は目をつむり、ねむりはじめた。

ひとつ、大きなあくびをした芊老は、

「福や、この童子の名を知っているか」

と、いい、からだをよこたえた。

「はい。不韋であるときいています」

「革《かわ》をなめすには、木をもちいる。木にまきつけた革のことを、韋という。革《かく》が皮《ひ》になったわけだ。韋という字はなかなかおもしろい。音からすると、囲《い》(圍)、となり、かこむことになる。行という字ではさめば、衛《えい》、となり、まもることになる」

「美しい皮で、囲んだり衛ったりするのでございますか」

「ふふ、そうだな」

「でも、不吉なことを申すようですが、不、がそうしたことを打ち消しています」

「不韋の不か……。ちがうな。この童子の父は、大望のある男であろう。不は、丕《ひ》だよ」

「丕……」

　僖福は小首をかしげた。

「不のしたに一を加えれば、丕となる。大きいということだ。丕子《ひし》といえば、天子の子のことだ。不顕《ふけん》なる文王《ぶん》、といい、周《しゅう》王朝を創立した文王にしか、不の字はつかわれなかったときがある。すなわち、不韋の名には、この家の天下への野望がかくされている。呂望《りょぼう》、つまり太公望《たいこうぼう》でさえ取れなかった天下への野望が、不、の一字にあるといってよい」

「そうなのですか……」

　僖福はあらためて呂不韋の顔をみた。顔色はまだ悪いが、すぐれた顔立ちである。この美貌の童子が成人となり、壮年となって、天下取りのために諸賢を相手に壮絶に戦うさまを想像したくない。争うことで美しさが際立つ者はいないのではないか。やはり、争いは醜悪なものである。

ただし僖福はねむっている呂不韋が芊老の説明をきいていなかったことに、ひとつのなぐさめをおぼえた。不は不のままであったほうが、呂不韋にとって幸せなのではないか、とさえおもった。

――不韋なら愛せるが、丕韋なら愛せない。

僖福はそんな感情のなかにいる自分をみつめていた。

三

呂不韋《りょふい》の身は、芊老《せんろう》の草廬《そうろ》から藺邑《りんゆう》にある高告《こうこく》の家に移された。

「呂氏は一命をとりとめた」

高告はその旨を家人をつかって邯鄲《かんたん》にいる藺相如《りんしょうじょ》に報《しら》せた。使いをした者は寒風が雪をふくむころに帰ってきた。藺と邯鄲は直線距離でも七百里はあり、実際は二邑のあいだに呂梁《りょりょう》山脈と太行《たいこう》山脈とがある。一日三十里を歩いたとすれば、片道で二十三日かかり、往復では四十六日かかる。山中の険路をさけたとすれば往復で二か月はかかるであろう。

「ご苦労でした」

高告にねぎらわれた使いの者は、顔を紅潮させ、息を荒らげて、

「大変でございます」

と、いった。

「どうしたのです」

「藺氏が、上大夫《じょうたいふ》に昇進なさいました」

「上大夫……」

かつて王侯が大領主であれば、王侯に仕える大夫は小領主であった。その大夫のなかで国政をあずかる大夫を上大夫といい、別称は卿《けい》であった。すなわち卿と上大夫とは同位であったのだが、たとえば斉《せい》の国では、卿と上大夫とを切り離し、卿のしたに上大夫を置いた。それゆえ、この場合の上大夫も、位は卿のしたであろうが、重臣であり貴族であることはまぎれもない。

宦者令《かんじゃれい》の舎人《しゃじん》が一朝にして上大夫になったのである。

「おお……」

さすがの高告も昂奮のあまり声をふるわせた。親戚のひとりが栄達したことはなんといっても喜ばしい。復命した藺相如が昇進するであろうと予想していた高告であるが、

——上大夫まで昇るとは……。

と、おどろいた。同時に、そういう大抜擢をおこなった恵文王《けいぶん》の器量の大きさに想到し、趙《ちょう》の国威は衰えるどころか増すばかりであろうと安心した。実際、趙の恵文王は、卓犖《たくらく》たる名君とはいえぬにせよ、そういう大胆な人事をおこなったことからして、非凡さをもった人であった。和氏《かし》の璧《へき》を十五城と交換する件において藺相如の言動の全貌を知りようがないのに、

「他国に使いをして諸侯に辱《はずか》しめられなかったのは、賢大夫でなければできないことである」

と、考え、復命した藺相如をすぐさま上大夫に任じた。この王は事象の核心をみる目をもっていたといえる。

その大抜擢は、群臣ばかりか庶民をもおどろかせ、藺相如の勇気の真相が朝廷の外でも知られるようになった。

趙では快事がかさなった。

廉頗《れんぱ》将軍が斉の一邑である昔陽《せきよう》を陥落させて、凱旋したのである。かれはその武功によって、上卿《じょうけい》に任じられた。だが朝廷の空気は、どちらかといえば、藺相如の往還を賛美するほうに重く、廉頗としてはおもしろくなかった。

「藺相如とは、何者か」

廉頗は左右に問うた。ほどなく、繆賢《びゅうけん》の臣下であったことを知ると、目に侮蔑の色をあらわした。かれは宦官《かんがん》そのものがきらいである。その臣下であった藺相如は、佞弁《ねいべん》の臣でなくて何であろう。

――たかが璧をもって往復しただけのことではないか。

秦《しん》王に璧をあたえず、秦の城をうけとってきたのであれば褒めようもあるが、趙王室の物を奪われなかっただけで、何を噪《さわ》ぐことがあろう。それにひきかえ、昔陽を攻め取ったことは、趙に大きな利益をもたらしたではないか。

「人とは、ものごとの本質を、みぬけぬものだ」

と、廉頗はにがにがしく左右にいった。

ついでながら、この年、恵文王は武城《ぶじょう》の邑を孟嘗君《もうしょうくん》にあたえている。武城は斉の国境に近い邑である。

魏《ぎ》が趙とむすぶことを恐れた秦は、魏を攻め、安城《あんじょう》という邑を取った。秦軍は進撃をつづけ、首都の大梁《たいりょう》に迫った。魏の昭《しょう》王は孟嘗君を招き、

「わしのために謀《はか》っていただきたい」

と、たのんだ。

「諸侯の救援があれば、お国は保てましょう」

そういった孟嘗君は、魏を発して趙へゆき、恵文王と会見し、さらに北へゆき、燕《えん》の昭《しょう》王を説いて、いずれも兵を借りることに成功した。恵文王は兵十万と兵車三百乗を、燕の昭王は兵八万と兵車二百乗を、孟嘗君にあずけた。孟嘗君が十八万の兵を率いて魏を救援すると知った秦の昭襄《しょうじょう》王は、あわてて兵を引かせた。胸をなでおろした魏の昭王は、孟嘗君の神速というべき行動を絶賛し、魏の邑を孟嘗君にあたえた。無傷で帰国した兵をみた恵文王は、孟嘗君の威力を痛感し、孟嘗君とむすんでおく必要を認識しなおして、武城をあたえたのである。それゆえこのころの孟嘗君は、本領の薛《せつ》のほかに、魏や趙に食邑をもっていたのである。

武城をさずけられた孟嘗君は、舎人のなかから武城を治める吏人をえらんだ。そのとき、すがすがしいことをいった。

「世間では、人から借りた車は乗りまわせばよく、人から借りた衣服はぞんぶんに着ればよい、という。が、わしはそうはおもわぬ。車や衣服を借りるとすれば、親友からでなければ、兄弟からであろう。親友の車を乗りまわし、兄弟の衣服をぞんぶんに着ることは、わしにはできぬ。いま趙王はわしの菲才《ひさい》をご存じなく、武城に封じてくださったが、どうか、かたがたが武城に往《い》ったら、樹木《き》を伐らず、屋室《おくしつ》を毀《こわ》さないようにしていただきたい。訾然《しぜん》として趙王にさとらせ、わしというものを知らしめてもらいたい。そっくりそのまま趙王にお返しすることができるように、はからっていただきたい」

孟嘗君の恬憺《てんたん》さがあざやかにみえる逸話である。訾然というのは、きままでいることであるから、斉で盛んであった道家《どうか》の思想に孟嘗君も染められていたのである。無為が有為にまさる時と場とを孟嘗君は熟知していたといえる。

高告の家人はそこまでは知らなかったものの、孟嘗君が武城に封ぜられたことは、報告した。むろん廉頗将軍の凱旋についても話した。

「趙は、よいことずくめだな」

話をきいただけでも家のなかが明るくなったように高告は感じた。

それにひきかえ、秦の宮殿のなかは暗い。

魏冄《ぎぜん》が宰相を辞任した。罷免されたといったほうが正確であるかもしれない。ところで、このとき秦の宰相は魏冄の弟の芈戎《びじゅう》、すなわち新城君《しんじょうくん》であるとさきに書いた。実際、『史記』の記述の混乱が、こういう無調法をもたらす。魏冄については「穣《じょう》侯列伝」という伝記が『史記』のなかにあり、魏冄復《ま》た秦に相《しょう》たり。六歳にして免ぜらる。免ぜられて二歳、復た秦に相たり。

と、書かれている。魏冄が二度目に宰相になったのは、昭襄王の十六年である。それから六年後に罷免されたのであるから、昭襄王の二十二年に宰相の位をおりた。つぎに復位するのは二年後、つまり昭襄王の二十四年ということになる。ところが和氏の璧の事件があったのは、その昭襄王の二十四年なのである。一方、『史記』の「秦本紀」には、昭襄王の二十四年に、

——魏冄、相を免ず。

と、書かれている。おそらく「秦本紀」のほうが正しいであろう。魏冄は和氏の璧を奪えず、魏を攻めきれなかったというふたつの失敗をおかしている。かれのあとを襲《つ》いで弟の芈戎が宰相の席にすわり、新城君という称号をさずけられたのであろう。

ただし秦はかつて左右の丞相《じょうしょう》をおいていたことがあるので、宰相がふたりいたとしてもおかしくない。

いずれにせよ、秦の人事には不透明さがあり、推測の域をでないで断定せざるをえないとなると、混乱が生ずるのは当然である。

人臣としての最高位をしりぞいた魏冄は、腹の虫がおさまらなかった。かれはもっとも信用している将軍の白起《はくき》を招いて、配下の陀方《たほう》がしらべてきた趙の邑を画《か》いた地図をみせ、

「明年、このあたりを攻めよ」

と、いった。藺相如に恥をかかされたというおもいが心身を鬱屈させている。どうしても趙に復讎《ふくしゅう》せねば、気が晴れない。

白起がむかうところ、落ちぬ城はない。

「攻め取ったあとは、こうせよ」

魏冄は声を低くした。

「かならず、そのように」

白起がみた地図のなかに、呂不韋が養生している藺邑があった。

（第二巻　火雲篇に続く）

『奇貨居くべし　春風篇』は一九九七年六月、中央公論社より単行本が刊行され、二〇〇二年二月、小社より文庫化されました。本書は『宮城谷昌光全集　第十六巻』（二〇〇四年三月、文藝春秋刊）を底本にしました。

中公文庫

新装版《しんそうばん》

奇《き》貨《か》居《お》くべし (一《いち》)

——春風篇《しゅんぷうへん》

2002年2月25日　初版発行
2020年10月25日　改版発行

著　者　宮城谷昌光《みやぎたにまさみつ》

発行者　松田陽三

発行所　中央公論新社
〒100-8152　東京都千代田区大手町1-7-1
電話　販売 03-5299-1730　編集 03-5299-1890
URL http://www.chuko.co.jp/

ＤＴＰ　平面惑星
印　刷　三晃印刷
製　本　小泉製本

Published by CHUOKORON-SHINSHA, INC.
Printed in Japan　ISBN978-4-12-206981-7 C1193

き-17-11
魂の沃野（下）
北方謙三
蓮如の吉崎退去、小十郎の恋、そして守護・政親の強権。加賀の雪が、血に染まる時が近づいていた。一向一揆を生きた男たちそれぞれの明日。〈解説〉清水克行
206782-0

し-6-22
古代日本と朝鮮 座談会
司馬遼太郎 上田正昭 金達寿 編
日本列島に渡来した古来・今来の朝鮮の人々は在来文化に新しい文化と技術を混入していった。東アジアの大流動時代の日本と朝鮮の交流の密度を探る。
200934-9

し-6-23
日本の渡来文化 座談会
司馬遼太郎 上田正昭 金達寿 編
文化の伝播には人間の交渉がある。朝鮮半島からいくたびも渡来してきた人々の実存を確かめ、そのいぶきにふれることにより渡来文化の重みを考える。
200960-8

し-6-27
韃靼《だったん》疾風録（上）
司馬遼太郎
九州平戸島に漂着した韃靼公主を送って、謎多いその故国に赴く平戸武士桂庄助の前途に待ちかまえていたものは。東アジアの海陸に展開される雄大なロマン。
201771-9

し-6-28
韃靼疾風録（下）
司馬遼太郎
文明が衰退した明とそれに挑戦する女真との間に激しい攻防戦が始まった。韃靼公主アビアと平戸武士桂庄助を軸にした壮大な歴史ロマン。大佛次郎賞受賞作。
201772-6

し-6-30
言い触らし団右衛門
司馬遼太郎
自己の能力を売りこむにはPRが大切と、売名に専念した塙団右衛門の悲喜こもごもの物語ほか、戦国豪傑を独自に描いた短篇集。〈解説〉加藤秀俊
201986-7

し-6-31
豊臣家の人々
司馬遼太郎
北ノ政所、淀殿など秀吉をめぐる多彩な人間像と栄華のあとを、研ぎすまされた史眼と躍動する筆でとらえた面白さ無類の歴史小説。〈解説〉山崎正和
202005-4

し-6-32
空海の風景（上）
司馬遼太郎
平安の巨人空海の思想と生涯、その時代風景を照射し、日本が生んだ人類普遍の天才の実像に迫る。構想十余年、司馬文学の記念碑的大作。芸術院恩賜賞受賞。
202076-4

各書目の下段の数字はISBNコードです。978－4－12が省略してあります。

し-6-33
空海の風景（下）
司馬遼太郎
大陸文明と日本文明の結びつきを達成した空海は哲学宗教文学教育、医療施薬、土木灌漑建築と八面六臂の活躍を続ける。その死の秘密もふくめ描く完結篇。
202077-1

し-6-34
歴史の世界から
司馬遼太郎
濃密な制作過程が生んだ、司馬文学の奥行きを堪能させるエッセイ集。日本を動かし、時代を支える人間の姿を活写しつつ、自在な発想で現代を考える。
202101-3

し-6-35
歴史の中の日本
司馬遼太郎
司馬文学の魅力を明かすエッセイ集。明晰な歴史観と豊かな創造力で、激動する歴史の流れと、多彩な人間像をとらえ、現代人の問題として解き明かす。
202103-7

し-6-36
風塵抄《ふうじんしょう》
司馬遼太郎
一九八六年から九一年まで、身近な話題とともに土地問題、解体したソ連の問題等、激しく動く現代世界と人間を省察。世間ばなしの中に「恒心」を語る珠玉随想集。
202111-2

し-6-37
花の館《やかた》・鬼灯《ほおずき》
司馬遼太郎
応仁の乱前夜、欲望と怨念にもだえつつ救済を求めて彷徨する人たち。足利将軍義政を軸に、この世の正義とは何かを問う「花の館」など野心的戯曲二篇。
202154-9

し-6-38
ひとびとの跫音《あしおと》（上）
司馬遼太郎
正岡子規の詩心と情趣を受け継いだひとびとの豊饒にして清々しい人生を深い共感と愛惜をこめて刻む、司馬文学の核心をなす画期的長篇。読売文学賞受賞。
202242-3

し-6-39
ひとびとの跫音（下）
司馬遼太郎
正岡家の養子忠三郎ら、人生の達人といった風韻をもつひとびとの境涯を描く。「人間が生まれて死んでゆくという情趣」を織りなす名作。〈解説〉桶谷秀昭
202243-0

し-6-41
ある運命について
司馬遼太郎
広瀬武夫、長沖一、藤田大佐や北条早雲、高田屋嘉兵衛――人間を愛してやまない著者がその足跡を歴史の中から掘り起こす随筆集。
202440-3

し-6-43
新選組血風録
司馬遼太郎
前髪の惣三郎、沖田総司、富山弥兵衛……幕末の大動乱期、剣に生き剣に死んでいった新選組隊士一人一人の哀歓を浮彫りにする。〈解説〉綱淵謙錠
202576-9

し-20-5
漢字百話
白川　静
甲骨・金文に精通する著者が、漢字の造字法を読み解き、隠された意味を明らかにする。現代表記には失われた、漢字本来の姿が見事に著された好著。
204096-0

し-20-6
初期万葉論
白川　静
それまでの通説を一新した、碩学の独創的万葉論。人麻呂の挽歌を中心に古代日本人のものの見方、神への祈りが、鮮やかに立ち現れる。待望の文庫化。
204095-3

し-20-7
後期万葉論
白川　静
『初期万葉論』に続く、中国古代文学の碩学の独創的万葉論。人麻呂以降の万葉歌の諸相と精神の軌跡を描き、文学の動的な展開を浮かび上がらせる。
204129-5

し-20-9
孔子伝
白川　静
今も世界中で生き続ける「論語」を残した哲人、孔子。挫折と漂泊のその生涯を、史実と後世の恣意的粉飾とを峻別し、愛情あふれる筆致で描く。
204160-8

し-20-10
中国の神話
白川　静
従来ほとんど知られなかった中国の神話・伝説を、豊富な学識と資料で発掘し、その成立＝消失過程を体系的に論ずる。日本神話理解のためにも必読。
204159-2

し-20-11
中国の古代文学（一）神話から楚辞へ
白川　静
中国文学の原点である詩経と楚辞の成立、発想、表現を、記紀万葉と対比し、民俗学的に考察する。神話への挽歌である古代歌謡に〈詩〉の根源を探る。
204240-7

し-20-12
中国の古代文学（二）史記から陶淵明へ
白川　静
「歴史」を通じて運命への挑戦者を描く司馬遷、田園山水に孤絶の心を託す陶淵明・謝霊運らの文学活動を通して「創作詩」の成立過程をたどる。全二巻。
204241-4

各書目の下段の数字はISBNコードです。978－4－12が省略してあります。

ち-3-18
諸葛孔明（上）　陳　舜臣
後漢衰微後の群雄争覇の乱世に一人の青年が時を待っていた……。透徹した史眼、雄渾の筆致が捉えた孔明の新しい魅力と「三国志」の壮大な世界。
202035-1

ち-3-19
諸葛孔明（下）　陳　舜臣
関羽、張飛が非業の死を遂げ、主君劉備も逝き、蜀の危急存亡のとき、丞相孔明は魏の統一を阻止するため軍を率い、五丈原に陣を布く。〈解説〉稲畑耕一郎
202051-1

み-22-11
雍《よう》正《せい》帝《てい》　中国の独裁君主　宮崎市定
康熙帝の治政を承け中国の独裁政治の完成者となった雍正帝。その生き方から問う、東洋的専制君主とは？「雍正硃批諭旨解題」併録。〈解説〉礪波　護
202602-5

み-22-18
科　挙　中国の試験地獄　宮崎市定
二万人を収容する南京の貢院に各地の秀才が集ってくる。老人も少なくない。完備しきった制度の裏の悲しみと喜びを描き凄惨な試験地獄の本質を衝く。
204170-7

み-22-19
隋の煬帝《ようだい》　宮崎市定
父文帝を殺して即位した隋第二代皇帝煬帝。中国史上最も悪名高い皇帝の矛盾にみちた生涯を検証しつつ、混迷の南北朝を統一した意義を詳察した名著。
204185-1

み-22-21
中国史の名君と宰相　宮崎市定　礪波　護編
始皇帝、雍正帝、李斯……激動の歴史の中で光彩を放った君臣の魅力・功罪・時代背景等を東洋史研究の泰斗が独自の視点で描き出す。〈解説〉礪波　護
205570-4

み-22-22
水　滸　伝　虚構のなかの史実　宮崎市定
史書に散見する宋江と三十六人の仲間たちの反乱は、いかにして一〇八人の豪傑が活躍する痛快無比な伝奇小説『水滸伝』となったのか？〈解説〉礪波　護
206389-1

み-22-24
大唐帝国　中国の中世　宮崎市定
統一国家として東アジア諸民族の政治と文化の根幹を築いた唐王朝。史上稀にみる中国の中世、大唐帝国を中心にした興亡史七百年を詳述する。〈解説〉礪波　護
206632-8